假洋妞 真美人

e 世代美國新移民生活導航

Adventures of a Curious Artist
別鬧了阿曼達小姐 - 我的加州冒險之旅
新新人類應具備的常識

【E 世代新時尚文學】　　車俊俊 著

博客思出版社

感謝

地球上所有善待過我的

即使只是一個淺淺微笑

認識的

不認識的

作者簡介 AUTHOR PROFILE
車俊俊

- 出生於台灣嘉義的江蘇人
- 車俊俊 Amanda （音譯阿曼達）
- 父親江蘇省邳縣人
  - 黃埔軍校最後一期
  - 轉業警察
  - 榮獲模範榮民
  - 榮獲模範警察
  - 「漸凍人」絕症於2007年去世
- 母親宜蘭出生性格溫柔堅毅
- 外婆是板橋林家花園的孫女
- 輔大法律系畢業
- 在證券業服務十七年

移民美國期間

- 參加 Toastmasters Club 英文演講俱樂部曾得 BEST SPEAKER
- 壓克力抽象畫 Universal Dancer（宇宙舞者）獲選參加 Westlake 藝術協會畫展
- 多次在美國加州千橡雜誌發表文章
- 曾受邀於康谷中華文化協會 Conejo Chinese Cultural Association（CCCA）負責編導千橡市新春晚會節目（Director）
  - 犇放　　　　　2009牛年閉幕舞
  - 歡樂廟會迎新年　2011開幕舞
  - 紅色傳奇　　　　2013開幕舞
- 美國七項設計專利發明家 （7 U.S. Design Patent Inventor）

作者序 PREFACE

我快要爆炸了，已經累積太多的能量。

太多的話要說，太多的事已做，就算一隻具備四個胃飽食的牛，也得反芻。沒有猶豫，我必得釋放出所有的能量，才能再度騰出靈感的空間，否則我的腦細胞就像是奈米般大小的太空船，不計其數，在我腦海快速的移動運轉，排隊等待著擠進我窄小的腦袋。九年前，我是個具法律學位，在證券業服務於股市，風火瞬息變換的環境中動如黑豹迅捷了十七年半的悍將，自信在我挺起的胸腔中、冷冷的表情裡從不缺乏。雖然如此，我卻順從了先生的意見，毫不疑遲放棄了高薪，及所有熟悉愛戀的一切，毅然獨自帶著兒子移民美國，內心縱有百般不願，也不去違逆夫家公婆及先生對兒子在美國受教育的期待。台灣人喜歡說：「女人的命運就像是一顆油麻菜子，任丈夫撒在一處生長」。我冷靜思考，評估情勢，覺得是正面積極的，所以順從先生的關鍵性重大決定，我是一個現代婦女，「從夫」這個傳統的觀念不由自主的在我心中湧現。

一晃美國生活了九年，其中艱難血淚斑斑，但人不能被環境打倒，尤其是「為母則強」，我是兒子的信心與依賴，我必須有強力無堅不摧的鐵腕雙臂，這是做父母的最起碼擔當。回想即使生下兒子的當時，我只是覺得新奇好玩，居然我會生下一個小生命，紅通通包裹著一層白白的油酯，皺著眉心的臉像個滿懷心事的酸菜，對著剛出生的他輕喚一聲：「嗨！小酸菜」，還沒真正意識到自己做了母親。直到

母親幫我做完月子要離去時，我慌了！在月子裡，我只是躺在床上還在當我媽的小公主。看著母親照顧我兒我一根手指都不必動，我抱著母親不放，哭著不肯讓她走，母親幾番心軟掙扎，最後她說：「最終妳還是得照顧妳自己的寶貝，媽媽必須讓妳訓練自己」。說完關上鐵門狠心離去，我大叫一聲：「媽！」兒子震了一下，差點嚇醒沉睡中的他。我獨自坐客廳沙發痛哭，原來我是我兒的娘，我得為他的小生命負起全責，狠狠的哭了半個小時，哭夠了，看著鏡中腫脹的鼻頭，通紅的雙眼，哭醜了的自己，擦乾臉上的淚，做了今生一個美麗勇敢的決定，我要以我的生命來照顧守護他，跟他一起成長，我再不是父母的小公主，我是我兒子的母親，是他命中註定的守護者，這是我第一次生命角色的覺醒。離職，離鄉，離父母兄弟姊妹，這點犧牲根本不算犧牲了。

於是我在完全陌生，舉目無親的環境下，從自信心崩潰瓦解，語文障礙中，努力武裝起自己，教育自己，改變自己的命運，重建自己的信心，從軟弱中變堅強，快速融入美國。九年的努力，我使自己成為一名集藝術家，編舞家，雜誌作家，美國七項「設計專利」（U.S. Design Patent）的發明家，同時親繪多幅抽象畫，及數位設計和攝影（technical drawing, 2-D artworks, photographs）共101項Copyright。並成立一家鑄鐵設計公司。想知道我如何辦到的嗎？你只要輕鬆閱讀我在美國九年集結起來的人生故事，定有收穫。

切記，美國是勇者的國度，絕對不能故步自封，一定得踏出強健有力向前的腳步。我確信這本書對有美國夢將來想移民美國者有引領鼓舞的作用，對不移民卻對美國生活心存好奇之人，也會因我的描述得以一窺美國加州洛杉磯郊區的生活，本書文章中有一些常用關鍵

字的中英文對照，供讀者增加生活基本常識。這書對我個人而言，更是一種見證，讓讀者見證地球上曾經出現過我這麼一個人。從小父親教導我「與人為善」找機會多幫助人，這本書就是我幫助最多人的一種方法，那怕只是一丁點，我就無愧在台灣南部的母親及已過世的父親。

書名取為「假洋妞真美人」是想表達一種真實的感受，即使我已經是美國公民，但是我畢竟是個假洋妞，仍說著帶有台灣口音的英文，一有機會便到處宣揚中華文化，告訴美國人中華文化有多博大精深，藝術多美多有保存價值，舞蹈有多麼特殊多麼不同於西方文明，將我之前自認是文化叛徒的自責，轉化成文化宣揚的驕傲！

我很驕傲的告訴美國人、我叫車俊俊，英文的意思是Smart Smart Car 聰明加倍的車子，我生長在有101大樓的台灣，我父親來自中國大陸漁米之鄉的江蘇。

推薦引言 FOREWORD

張棠

康谷中華文化協會（CCCA）第四屆會長
海外華文女作家協會第十三屆副祕書長
現任北美洛杉磯華文作家協會《洛城作家》
《洛城文苑》《洛城小說》編輯

王瑞芸

中國藝術研究院美術研究所研究員
藝術評論家／作家

王耿瑜

金馬獎資深影展策展人／導演／製片人
電影創作聯盟理事長

紀星華

旅美知名女畫家／南加州國立臺灣藝術大學校友會會長
洛杉磯台灣同鄉聯誼會兒童繪畫評審

王亞玲

弘梅雅集京崑藝術團團長

張宜蘭

WDSF認證中華民國體育運動舞蹈總會國家教練成員
2009亞洲小姐評審

張棠
康谷中華文化協會第四屆會長
海外華文女作家協會第十三屆副祕書長
現任北美洛杉磯華文作家協會《洛城作家》
《洛城文苑》《洛城小說》編輯

「**假洋妞真美人**」的作者車俊俊（阿曼達）是我的鄰居。
我們所居住的康谷千橡市位於洛杉磯西北，是一個空氣清新、環境優
美、居民教育程度高、人文素質良好的山間小城。

在遷到美麗的千橡以前，阿曼達是一個在臺灣証券股市呼風喚雨
十七年的女強人，為了兒子有更好的讀書環境，她不惜放棄自己的事
業與優渥的生活環境，到人生地不熟的美國，陪兒子讀書。本書就是
一個母親在異國他鄉「陪讀」九年的心路歷程。

書中的阿曼達是一個個性鮮明，有「鐵」一般意志的奇女子。這
個意志中的「鐵」，主要來自她裝修自己的房屋以後，不但委託律師
申請獲得了七項「鑄鐵門、樓梯、法國門等產品」的美國設計專利，
而且還成立了一家「鑄鐵」藝術公司。同時，她在藝術、舞蹈、音
樂，與文學的方方面面，都有傲人的成績；在抽象畫、數位設計和攝
影上她一共擁有了101項版權；她參加健言社（Toastmasters Club）練
習英語演說，得大獎；在舞蹈、音樂、繪畫的藝術才華，使她在千橡
華人的新春晚會中，一次又一次成功地製作了大型的音樂舞蹈表演秀
（SHOW）。

正當我們認為她必是中國「虎媽」的同時，她又呈現出東方女性
特有的魅力：她是賢妻、是良母、是好鄰居、是好老師、是熱心的朋
友、也是華人社區的重要支柱。

　　阿曼達勤於寫作，常在本地華文雜誌《千橡》上發表她「陪讀」的生活經驗，她的文筆生動活潑，是讀者們喜愛的好作家。書中「魁丫傳奇」與「鳳蓮不是鳳梨」兩文，一寫她的父親「魁丫」，一寫母親「鳳蓮」，是作者付出感情最深，著墨最多的文章。

　　在兩文中，作者成功地塑造了一個聰明伶俐、刁鑽古怪、集魔鬼與天使於一身的小女孩。作者對那個既可恨又可愛小女孩的深刻描述，是許多作家努力多年，都無法達到的寫作境界。

　　據作者自己說，經過歲月的洗禮，為人婦，為人母以後，她成熟了，沉澱了，與自己「天生追求完美」的個性做了妥協，她已不是小時的刁蠻公主，現在的她所追求的是把對人類的大愛，透過文字的種子，撒播給世界。

　　藝術，是她把人類大愛撒播給世界的另粒種子。本書的英文名字叫《Adventures of a Curious Artist》，顯然在作者心中，本書是作者藝術才華的總匯，除了約一百五十頁的文字作品之外，還有五十頁各式各樣的繪畫與攝影作品。每幅圖畫都配有短詩，是繪畫與文字的多元結合，她的繪畫一如其人，一般都有鮮明的線條，與強烈的色彩。她與名畫家紀星華女士合作的兩幅作品最為特殊，兩位名家攜手合作畫導演李安，與相聲大師吳兆南，一畫人，一寫詩，是讀者讀本書時，不能錯過的珠聯璧合。

　　能為千橡才女的第一本著作寫下感想，是我的榮幸。我深信，以阿曼達的才華，這本書只是她寫作的一個開始，日後我們一定可以看到她更多更好作品的問世，我在此預祝她的成功。

王瑞芸

中國藝術研究院美術研究所研究員
藝術評論家 / 作家

　　阿曼達是我的朋友中難得遇到的一位性情中人。這個意思是她活得率性、自在，這對於現代人來說，是一件越來越難的事情了，可是她卻能做到，因此極其難得。由於她能活得率性自在，她站出來是光彩照人的。這還真不是一個形容的說法，而實實在在是她的寫實形象。她極愛美，偏又生得修長漂亮，在裝飾打扮上又比職業的美容師都會講究……她從頭到腳，從早到晚，不讓任何不符合美的因素出現，想想看，這麼一個人走出來，可不是光彩照人嘛！要做到這一點，同樣是不容易的。

　　然後，她就把這種愛美的心情意趣輻射到自己生活的四周，她的住處被她修改重建得成為那條街區的一道風景。她有滋有味地享受著這個改建過程，把房子做得美輪美奐不算，而且順帶的把自己的即興設計做出了好幾個專利呢！嘿，真有她的！

　　一個能這樣生活的人便充滿了創造性。她塗塗抹抹，就成了抽象的繪畫創作，她拍拍寫寫，就成了她的圖片和文字創作。生活成為創造的過程，生命成為享受的過程，我們現在活得如此忙碌，誰能做到？因此，讀一讀看一看阿曼達的這本書，可以看到一種生命的形態，一種真正美麗的生命形態。

　　能這樣在生命裡走一遭的人，真是活得值啊！

王耿瑜

金馬獎資深影展策展人 / 導演 / 製片人
電影創作聯盟理事長

謝謝我的高中同學—車俊俊出書，讓我有機會回顧青春歲月以及女性能量的覺知。

因為讀的是天主教宏仁女中，高中時期的她，在球場上、在校園裡，都是最帥的那位，也是眾家小女生戀慕的對象。紙條傳情、禮物留念的事，時有所聞。

真正熟起來，是在高中畢業後重考的補習班上，才發現竟是江蘇邳縣小同鄉。常常，幾個長腿妹騎個腳踏車在嘉義街頭晃盪，每每成為路人目光焦點。之後，兩個人竟又考上同一所天主教輔仁大學，一個在外語學院、一個在法商學院，偶爾校園巧遇，小混一下，人生道路，各自展開。

猶記2002年，我幫當時剛獲得奧斯卡肯定的《臥虎藏龍》美術指導葉錦添，製作「時代的容顏」故宮系列展覽，邀請100位各行各業的人，穿上他設計的衣服，於是，當時還在證券公司上班的同學，成了我們的最佳模特兒。

記憶的拼圖，終於在《假洋妞 真美人》的出版，圓滿完整，歡喜自在。「家，是女人最好的道場」。「家」的概念，對每個人來說都不同，許多人一直尋找「家」的感覺，是因為還沒有找到自己「心裡的家」。車俊俊因為「愛」，「愛」的覺悟，毅然決然，出發異地，開始了一段學習之旅：

「愛」的覺醒，愛烏及屋，內外雙修，開始了一段創造之旅
「愛」的覺察，探究本源，自利利他，開始了一段藝術之旅

謝謝同學的勇氣與實踐，祝福妳，日日是好日……

紀星華

旅美知名女畫家／南加州國立臺灣藝術大學校友會會長
洛杉磯台灣同鄉聯誼會兒童繪畫評審

阿曼達小姐出書了！讀者有福了！好戲上演了！讀者有福了！掌聲響起……老紀先鼓掌大聲叫好！！

　　這位現代奇女子，人如其名Amanda「愛」，有著滿腔的「情」與「愛」需要宣洩，有著豐盈的思想睿智需要與世人分享，感謝她的無私和勇往直前的幹勁兒，藉由圖文並茂的形式帶領讀者進入她的夢幻世界，一塊兒品味人生經驗中的酸、甜、苦、辣，一塊兒追尋她內心深處的「桃花源」，我很慶幸自己有緣能成為一個快樂的「築夢人」！

　　話說初逢這位長髮俊俊，見她面容姣好、皮膚白皙、身材修長、穿著入時、開朗活潑、精力充沛、知無不言、言無不盡、風趣幽默，舉手投足之間盡顯明星風範，在人群中總洋溢著迷人的魅力，任誰也無法忽視這位俏佳人的存在；而任誰也無法相信她是個法律系的畢業生，沒做律師卻踏入金融界，叱吒風雲十七載；又任誰也無法相信如此強悍的現代女性竟然能放下一切甘願做個「從夫」、「孝女」，遠渡重洋到異域美國成了個不折不扣的「假洋妞 真美人」。

　　逐漸熟悉之後，發覺這位自許為「Smart Smart Car」的女子還真是絕頂Smart「聰明」！推測她的左右腦都很發達可以同時運用，舉凡音樂、舞蹈、繪畫、設計、戲劇、攝影、詩歌、寫作外加騎馬、駕悍馬、吹薩克斯風……，無一不通，無所不精，我想應歸功於她特別敏銳的觀察力、無止無盡的創造力、超級快速的反應力、好學不倦的精神和身體力行、永不放棄的毅力；總之，她不愧是我心目中現代版的林徽因，當然從小擁有偉大的母愛，兄弟姊妹的手足之情以及慈父的諄諄教誨和悉心培養，無一不是成就了如今這位全才美麗靈魂人物的重要因素，而從「鳳蓮不是鳳梨」及「魁丫傳奇」兩篇文章中充分流露出女兒滿滿的感恩之情，更且她一字一句當面朗誦給母親聽，不難想像車媽媽那母女連

心，快樂滿足的表情；而我更相信車伯伯在天之靈也會得意地豎起大拇指，笑得合不攏嘴呢！俊俊聽到了嗎？……「我的小公主，爸爸以妳為榮，讚！」

難能可貴的是，Amanda來美不僅獨力培養兒子成長，更始終不忘宏揚中華文化的使命，竭盡所能義務將一身才藝傳承給下一代年輕學子們，同時也把握機會向洋人介紹中國悠久淵博的歷史，期盼將文化的種子散播出去，有的種子會發芽會茁壯，自然會有開花結果的時候；俊俊，我又得送妳一個封號 —「美麗的文化大使」。

由於我本身從事藝術創作，在此也談談Amanda 的藝術，我贊成她的觀點即藝術家的想像空間是無限的，不受任何規範束縛，自由自在快樂地去發揮，俊俊深受二十世紀西班牙超現實藝術大師胡安・米羅（Joan Miro）的影響，作品構圖中往往有律動的黑線條和幾何圖形交叉重疊，配以鮮明的色塊，表現出立體抽象的主題，跳躍生動，簡捷有力，似歌似舞，佐以詩文，可謂「視覺詩人」，不但訴說了心中的故事，又具有單純化的裝飾性，進而大膽將之融入日常生活中，她的家就是最好的寫照，一草一木，一磚一瓦，從門到窗，從裡到外，置身其中，處處有驚喜，樣樣皆震撼！就似女主人輕輕揮舞巧思的魔杖，無數溫暖晶瑩剔透的小星星浮現於空氣中，瞬間周遭一切換化成一座溫馨的夢幻之堡，當然這一切的一切還得感謝帥氣男主人雄哥的大力配合！

由於俊俊興趣廣泛，以致書中內容包羅萬象，真實地呈現出主人翁生活上的方方面面、點點滴滴，而她也能輕鬆駕馭各種文體，其文筆清新動人，用詞造句行雲流水，妙語連珠，言簡意賅，發人深省，故事性及畫面性強，我彷彿看見阿曼達小姐正以自己的優美肢體做畫筆，賣力地舞動、旋轉、跳躍於生命的畫布之上，呈現給眾人的是一幅幅五顏六色、多彩多姿的藝術精品！拜讀大作獲益良多，實乃人生一大享受也！

謹獻上此序祈願「假洋妞 真美人」發行之後，能得到廣大讀者的迴響，俊俊在美生活短短九年就能有如此豐盛的成果，相信充滿激情和動力的她未來會不斷的有新作問世，咱們拭目以待吧……。

王亞玲

弘梅雅集京崑藝術團團長

　　人與人的緣份真是奇妙，Amanda與我從未見過面，我倆結緣於臉書（Facebook），起因於Amanda計劃出書分享生命經驗以紀念摯愛的父親。由於她從小跟著父親看戲，對中華傳統京劇藝術頗為喜愛，書中有一篇欣賞京劇的文章，曾發表於美國千橡雜誌，湊巧她看到臉書上我的劇照，承蒙她不嫌棄，跟我商量借用我的劇照於文章之中，兩人就此結下朋友之緣。

　　Amanda本名車俊俊，從臉書上看她分享的生活點滴，感覺她是個充滿朝氣的行動家，樂觀豁達、情感充沛、熱情洋溢的奇女子，進一步細讀她寄來的PDF書稿，細膩坦白、流暢風趣的文筆，創意十足、圖文並茂的繪畫與攝影，深深吸引住我一口氣讀下去，隨著文章或喜或憂，感受著她字裡行間流露出那宛如和煦陽光的溫暖和愛。

　　「假洋妞 真美人」一書的內容主要敘述Amanda離開工作十七年多的職場，帶著兒子赴美受教育的生活點滴，看著她從孤單無助到勇往直前，九年之間開創豐富的第二人生，生活的多彩多姿，融創意家、發明家、藝術家、編舞家、繪畫家……於一身，熱心公益，扮演美麗的文化使者，宣揚傳承中華文化。這樣一位才華洋溢的作家，這樣一本真情流露的書，讀者能從中感受到豐沛的能量傳遞，而言簡意賅的生活故事更是順利居住於美國的必要參考。

　　謹借此序文，祝賀Amanda的第一本書順利發行，是讀者們的福氣。生命的軌跡就是緣，不論身在何處，在緣裡我們彼此相識，讓溫暖的愛流暢四面八方。

張宜蘭

WDSF認證中華民國體育運動舞蹈總會國家教練成員
2009亞洲小姐評審

緣起，是我看到車俊俊（Amanda）寫一篇有關悼念他父親的文章「與亡父聊天」，我一看再看每每激動落淚，我決心找到這文章的作者Amanda，我相信她是個多情孝順的有緣人。

幾經接觸多番互動，果然文如其人。心中不免有所感觸，當我們同在一個島上時不相識！隔了個太平洋，一個在台灣，一個在美國加州，卻發現彼此的心靈相通處！若不是緣是什麼？我愛Amanda發自肺腑純真開朗的大笑聲！愛她自由奔放擺手弄姿的倩影！她的能量隨時釋放，所在之處每每氣氛輕鬆笑語連連，人們一刻也不能放開注視她的目光。她是一個充滿活力自信的人，在她身邊很難不感染她的那份自信，所以你在她身邊就會喜悅快樂，覺得人生充滿感恩充滿希望！

她重情重義，當我重病躺在醫院中！她擔心得在美國電話中放聲大哭，也如同她平常的大笑，那樣的真，那樣的毫不猶豫表達全部的情感，我感動得落淚，人生在世能有多少真心絕對？！我愛她。

Amanda才華是多方面的，你永遠不知道她的極限在哪？不斷不斷的發表新的想法作法讓人驚艷讚嘆！美國朋友稱讚Amanda 是「音樂精靈」，她編舞的能力及選用音樂的精準到味，使整個舞蹈有原創性及獨特魅力。

她的文字描述能力極強，屢屢觸動人靈魂最深處，像泉湧泊泊流露出情深義重。她的文藝氣息和隨筆構圖讓人折服！原來看似頑皮淘氣古靈精怪的Amanda，心裡住了一個聰慧善良的小天使。

若您也有福氣和她相處或細細品味她的文章分享她的生命故事！您會和我一樣愛她！

目錄 Contents

壓克力抽象畫／詩 ／電腦數位設計／攝影
Abstract Acrylic Paintings / Poetry / Digital Designs / Photographs

假洋妞 真美人
Adventures of a Curious Artist

假洋妞 真美人
Adventures of a Curious Artist

　　跳下高高的吉普車，慣性地打開行人道旁的信箱，順手取出兩天不拿就幾乎塞爆的信件，手上一堆盡是不請自來的文明垃圾，彷彿可以聽到廣告在我手中爭相叫賣自誇長處，似後宮嬪妃濃妝妖嬈引人遐思親近，而每個消費者，儼然成為帝王般，挑三撿四品頭論足。順手翻閱一遍，望見幾封消費後遭清算待繳的帳單，心裡思索著：為何現代人，就是如此脫離不了種種繁瑣事務的捆綁，有種想要掙脫的無力感。

　　在眾多信件當中，有一封厚厚的白色信封，拆開一看，一本孤零零藍色的護照，似襁褓嬰兒般與世無爭，安靜的躺在手中，翻開一看，護照裡一張兩吋大的照片，影中人似笑非笑，以既熟悉又陌生的惡作劇眼神跟我對看。美國護照！輕輕的將它拿起，然後用力啪的一聲甩在餐桌上，五年！我在美國已經五年！

時間：2006年6月29日。
地點：台灣中正機場第二航站。
人物：一家三口。
氣氛：凝重到空氣似乎也成黏稠狀。

　　三人彼此沒有對談的情形下，安靜的辦著離境手續。出境前的回頭，凝視，右手一揚，一陣心痛揮別台灣，暫別了我所熟悉的一切；暫別了臥床不治之症的父親、中風的母親；暫別了！請您們一定要好好的等我回來！長那麼大之後，第一次知道什麼叫做心有千千結，一個

掛念一個結；一種不捨一個結；掛念不捨，糾糾纏纏所結成的心結，竟扎實的有如老樹盤根。今夜747將要載我們飛往異鄉，移民二字本就不在我的生涯規劃中，所以此行當然是計劃外之舉，飛行的十三個小時中，三人仍無言，我忍了許久的淚，終於在我的臉上滑雪溜冰般，一道道順著流滑過我的脖子，聚集在我心口，而後消失無蹤。拿起電話簿，在最後一頁模糊的淚光中，寫下幾句話：

用烙鐵的雙眼凝望
將斷翅的右臂高舉
別了～
轉身一飛衝天
躲進白雲裡獨自飲泣
不驚動天地
就讓以為乾枯廢棄的雙眸
滾動出熱淚
看能將冰冷的雙頰
鑿出多深的傷痕

先生與兒子看見我寫著東西留著淚，也安靜無聲的靜坐身旁，一同呼吸著正方形的空氣，胸腔各自卡著各自的心事，機長廣播著再一個小時就要降落了，空氣頓時躁動起來，彷彿機上所有的原本睡著的人都醒來，原來醒著的人忙起身去廁所、或撥攏頭髮、或整理服裝、或向空姐要水喝、或東張西望，似乎總要做點什麼事，我也拿起紙筆寫下：

從此

我圈養我的靈魂

並且將它複製

一個在美國

一個在台灣

　　下了飛機通關時，剛好是一個華裔美國人把關，很親切的跟我們說著國語，還建議我們再生一個，我忙說：「喔！謝謝啦！一個夠用了。」為了我兒子能有較輕鬆有益的求學環境，放棄了台北奮鬥了十七年的工作，將手中累積的六百六十個客戶名單分發給六個同事，再生一個，萬一老公心血來潮要移民非洲，還是算了吧！計劃之外的事，我實在無心配合。出了機場，安排好的機場接送服務公司的人，早已舉牌等候多時。由於堵車，到達新家已經超過下班時間，無法租到車子了，這又是一樁計劃之外的情況，只是我想到電影亂世佳人女主角的一句話：「After all, tomorrow is another day!」先不管這個，請司機先生送我們回到我們從未謀面的新家，那是一棟購於二十年前，出租出去，因為火災過後保險公司理賠重蓋的全新房子。離譜的是，我夫家買下房子後，從來沒有來看過這房子。如今，在一張照片都沒有看到過房子狀況的情形下，馬上就要住進去，心裡難免忐忑不安，還好觀感不差，麻雀雖小五臟俱全，幾隻霸佔牆角的蜘蛛，倒成了這個家唯一的裝潢。難怪美國有家喻戶曉的蜘蛛人，而不是蟑螂人、螞蟻人。蜘蛛啊！真是無處不在。就這樣在有水、有電、有蜘蛛；有一肚子委屈、滿腔怒氣；沒床、沒被、沒熱水、沒親人的異國，展開移民之旅！

　　當我怒氣沖沖，猶如神助似的，奮力擦拭一屋子灰塵時，老公也不知怎麼回事，肚子劇烈疼痛腹瀉不已，猛一回頭，看見他費力的匍匐前進爬上樓梯，既急又氣、又不捨。神力用畢，精疲力竭，見兒子先生，似中箭落馬般躺在地毯上累得睡著，我笑了。趕緊拿出行李箱中所有可以蓋在身上保暖的衣物，全部蓋在他們身上，就怕他們受凍著涼，看手腕上的錶，凌晨四點鐘，好冷！怪事，加州夏天晚上竟是這般凍人。沒有衣服可以加在自己身上了，看著他爺倆睡得香甜，又捨不得將他們蓋在身上剛暖的衣服取下穿自己身上，索性抱緊雙臂，靠在牆角瞇一下，看看自己看看他們，不由得苦笑，這光景倒像是難民。天發了一點魚肚白，眼皮越發沉重了。

　　鬧鐘不負使命的在七點鐘響了起來，清晨七點出發走去租車，三個人走了一個小時，租車公司八點開門，想找地方吃早點，卻是人地生疏舉目無親，連吃早點都不知道去哪裡吃，剛好有一個白人鄰居經過，走路很快好像要去上班，人很親切，她哇啦哇啦的講了一堆又快又急流利的英語，我只得猛點頭，結論還是不知去處，只聽懂兩個關鍵字「Egg things」蛋東西！？那是什麼呀？聽起來就不好吃，是煮蛋、煎蛋、荷包蛋嗎？還是算了吧！租到車子了，剛巧開車經過一個平房有賣早餐，我們不改台北點餐的消費習慣，東點點、西點點，叫了一桌子，完全沒有留意價格，心想早餐嘛能夠吃多少？結帳下來連小費要美金$180，換成台幣後嚇一跳，居然要六千三百台幣，在台北吃個早點，三個人五百塊錢台幣就算是豐盛的，原來這家還不錯的小店是飯店附屬的餐廳，所以價格偏高，我跟先生說：「哇！吃個早點這麼貴！在台北應該五百塊錢就可以打發的，以後得有看價目表的習慣了。」

26

　　開著租來的車子，先生帶我到處逛以便認識路，他對我說：「以後你每天要開車的一條主要馬路是通往兒子學校的『寶釵路』。」我一頭霧水？什麼「寶釵路」？可是指紅樓夢裡被譽為群芳之冠的薛寶釵？美國怎會有一條這樣的路名？到了路口，先生順手一指，路標原來是「Borchard Road」。又有一回，在高速公路上開著，他跟我說再來你就會看到「鳥銀行」，我心想「鳥銀行」？我先生他怎麼會知道這邊有一家「鳥銀行」？是寵物店嗎？他怎麼會連這邊有一家寵物店都知道？他從未到過加州啊！難道他以前來過美國？不由自主的開始打量他，覺得他像是有什麼秘密隱瞞著我似的，感覺好陌生，快要認不出眼前這個自信滿滿的男人。我們面狐疑的開口問他：「你怎麼知道有家『鳥銀行』？是鳥類的寵物店嗎？」他放聲大笑，說著：「你看！那不是『鳥銀行』嗎？」我順著他的手指看到了快速閃過的路標「Burbank」。

　　我們居住的城市是個小區Newbury Park，在字典裡找不到Newbury Park這個單字，有一回我小姑要到美國來找我們，問我們地址，她覺得很奇怪，想確定Newbury這個只是一個R還是兩個R。他說兩個R是莓的意思，一個R是埋葬的意思。我先生告訴她Newbury Park是「新埋葬公園」，這裡是新區，以前可能是亂葬崗。我們都點頭覺得挺有道理的，也蠻高興的彷彿發現的一個眾人不知的秘密，其實是先生唬弄我們的，我們還傻傻的信以為真。

　　日子一天天，所經過的馬路一條條，包括餓不死「Erbes」、真是弱「Janss Road」等等馬

路。有了以上的記憶方式還真管用，想要忘掉都難。我先生的洗腦能力超強，他告訴我：「你只要看到八角形黃色的狗皮膏藥，就要準備停車，Stop Sign就在後面。」這些有趣的英翻中，的確對我有很大的幫助。剛到美國要學的東西太多，要記得東西更多，這是失去了在台北職場打滾訓練出來的沉穩，經常感覺心裡很不踏實也很著急。在台北只要手一舉，計程車呼嘯而至，從未想到過自己需要開車，壓力真的好大，到美國七天之內買了新車，一個月內必須拿到駕照。同時強迫自己熟練開車技巧，九月底開學，就得一個人在美國照顧及接送兒子上下學，我一邊開車一邊跟上帝做禱告，其實是講給兒子聽的，希望他乖乖地努力上學，這一招，是教會朋友傳授給我的。說真的，也不知道有沒有效。有時候心裡壓力太大，就飆一通越洋電話臭罵先生一頓，罵他騙婚！結婚時可沒說他家將來打算要移民，並且已經在進行中，他聽了哈哈大笑，直說他自己也沒想到要移民，所以不算騙婚。當初喜歡上他的笑，現在最讓我生氣的也是他的笑，真是拿他沒辦法。想到他那一口經常被我恥笑的日本英文，發音怪異，亂唸重音節，導致經常發生到Starbucks點了兩杯拿鐵，卻送來了兩杯茶的情況，每次發生時，他都會問我：「為何他們老是要刺傷我幼小脆弱的心靈？我好歹也是個高級知識分子，英文有這麼爛嗎？」看著一百八十一公分高，輪廓像印地安屠夫的先生如此說著，我止不住狂笑，不過，風水輪流轉，也該輪到我被他取笑了。

　　記得剛到美國的第三天，有一次去加油，先生要我練習如何加油，我在台灣從未接觸過油槍，心裡感覺非常的害怕，擔心汽油會失控噴得我一身。步步驚心的將加油槍放進車體，鎖定後開始輸油，驚

魂未甫之餘，眼睛餘光掃射到幾個字「Gas on line」，我興奮地告訴先生說：「你看！汽油可以在Online買哦！可是要怎麼買呢？」正納悶著，只見先生身體劇烈震動，聲如洪鐘，誇張報仇似大笑：「老婆！是Gasoline不是Gas on line！」我又惱又羞又忍不住想笑：「看你這樣笑，我就知道，我不是你親生的！」

坐在電腦桌前，轉頭看著甩在餐桌上的美國護照，心裡突然覺得空空如也，幾年前的愁緒早已無蹤，一次次體會到，山不轉路轉，境不轉心轉的境界。我轉來轉去的心，決定撥個越洋電話給印地安屠夫，恭喜他娶了一個假洋妞真美人！

過關斬將
Face Challenge

過關斬將
每當生命遇到瓶頸
一個一個去面對
一個一個去克服的感覺
總讓我想到關公過五關斬六將
雖然想像中關老爺
必然精疲力竭披頭散髮
滿臉風沙疲於奔命
然而過了關
也定是鬆口長氣
關卡是高高低低逆障的堆積
跨得過跨不過
在關卡面前都得謙卑努力
當關卡把你逼到角落時
你得吸氣提神盡全力以赴
跨過了
海闊天空
跨不過
得認命接受
關卡是生命歷程的雷霆雨露
雷霆雨露俱是恩典
恩典顯露著生命無情無常本質
考驗著毅力與韌性

沉著
沉著是考驗來臨時的第一個基本動作
朋友告訴我
定靜安慮得
是一種面對生命關卡的修煉

我頗有同感
若能將生命中的逆境考驗種種關卡
當作通過命運的絲路
絲路漫長難行
但無形的命運之神已將你往上面推
你雖赤足
也得握拳咬牙勇敢走完全程
將逆境轉換成頓悟或正面的能量
生命之樹
必能常青

30

悍馬開悍馬
Hummer H2 and I

悍馬開悍馬
Hummer H2 and I

移民到一個新的國度要優先解決的是住的問題。由於夫家在美有一個房子，所以住就解決了。否則在加州租個房子，不是那麼容易，尤其是好一點的公寓或房子得先預先登記排隊，快則一、二個月，甚至得半年，但憑運氣。剛來的外國人因為沒有所謂的信用歷史（credit history），所以比較麻煩，得多付押金，有可能會要至六個月不定，有信用歷史的本地人通常是 1～2 個月的房租押金。一般小家庭的三房二廳獨棟房子是二千多美金，這僅是指加州洛杉磯LA附近郊區我住的區域而言。

在加州沒有車就同如沒有腳哪也去不了，不像在台北站的馬路旁撩撥一下長髮，就引來誤以為要搭計程車的司機緊急煞車停在身旁。尤其是郊區，任憑你站到中暑，也不會有計程車經過，要叫計程車可以！得先打電話，可能會讓你等個四十分或者一小時都很正常。在我住的千橡市（Thousand Oaks）這區附近，有市府運作規劃的Door-to-Door, Dial-A-Ride，門對門打電話叫車服務，這僅限65歲以上的長者，比方說將老人從家裡接送到醫院，市府，學校等公共場所的服務，收費低廉，這是照顧老人的特別服務。年輕人，那就請你自己想辦法照顧好你自己，年輕人有強健的雙腿，想走路，路旁都有side walk人行道，方便又安全，有一次兒子突發奇想從學校放學，走路回家，心想，媽媽開車載他上學7分鐘，試著走回家，一走走了2小時，一邊走一邊思考到底要不要打電話給媽媽。在美國滿16歲可以考學習駕照，但開車上路時必要有一個25歲的成年人坐車上陪伴，否則違法，18歲可換發正式駕駛執照，所以經常可以看見一個18歲以下的學生開車，旁邊坐著緊張害怕的父親或母親。

　　「美國太大了」我大哥大嫂來訪時，如此說著。彷彿地大，在交通上變成了一個缺點，一地到一地就不像在台灣如此的便捷，更何況加州沒有地鐵沒有捷運，完全是開車，即使有公車，班次也是極少，所以郊區搭公車的人更是少之又少，是有小火車的，從兒子學校Riverside市區到家，若不堵車，開車2小時到家，若搭火車，必須到LA downtown換車，得花5個小時左右。如果你想偷個懶，讓小孩搭校車上學，抱歉，公立學校的校車只提供給disable殘障小孩或父母低收入low income家庭，家中無車的小孩。我居住的區域是如此，各地不大一樣。

　　話說，我在台北居住時是從不開車的，18歲時父親幫我報駕駛訓練班，生日禮物便是汽車駕照一張。這麼許多年不開車，一到美國就得自己開車負責接送小孩上下學，實在是心理一大負擔，心頭一橫，不去想害怕，開就開吧！姓車不敢開車，像什麼話。6/29/2006到達美國，預計7/4買車。為何選7/4，因為是美國國慶，汽車銷售商會有較大折扣，從網路上得知這消息，便在7/4前往地區知名的汽車銷售區選車，我一眼便愛上悍馬Hummer H2的車型，銷售人員要我跟先生上馬路試車，我害怕不敢開想推先生去試，但是汽車銷售員堅持我上駕駛座，我皮包中的國際駕照，並沒有支撐我駕駛悍馬的決心及膽量，我緊張極了搖頭直說：「I can't do that! I can't do that!」銷售員對我卻是很具信心說：「Of course, you can! Come on! This is your car!」「你當然可以辦得到！這是你的車！」我便趕打鴨子上架般的坐上駕照座，從發動，開上馬路，我一邊喃喃自語：「I can't do this! I can't do this!」直到自己發現其實「I CAN DO THIS!」開車並沒有想像中的那麼難，心中害怕的，其實是害怕在「美國」開車，這是片廣大陌生的土地。

　　既然克服了心裡障礙，馬上進行買車議價談判negotiate，從下午

3點談到晚上7點，最後以現金價成交，一則是因為較有利議價，二則是因為我們剛到美國，沒有銀行的交易信用歷史。記住，在美國有句話，「Cash is the King」這位「King」讓我得到一個想到就會掛著微笑非常滿意的好價錢。雖然我們捧的是現金這位「國王」跟汽車經銷商談價錢，態度一定要謙和，不能高傲的像是個沒教養的人用錢鎮壓人，一來我們不是大富大貴，平民百姓賺錢辛苦，就算是有人出生大富大貴我也建議不能如此待人，不論是在自己的國家或是移民，那樣的態度不會提高自己的身價，只會貶抑己身的教養及別人對自己的不良觀感，關於這點我自己相當的注意，也分享給讀者。雖然悍馬H2在美國號稱「The Metal Killer」很耗油，但是「它」很帥，很適合我。在台灣，人們稱「馬子」就是女朋友，或者女孩，我是凶悍的女人，是匹悍馬，我的白人朋友告訴我，妳應該是全美唯一開悍馬H2的亞洲女性。有一回載著小叔，買車不到一個月開車技巧尚生疏，一個不留神在急轉彎曲上了curve人行道又馬上下來，嚇的小叔大叫一聲，我倒是神清氣爽，淡定的丟了一句話「叫什麼？悍馬本來就是用來越野的！」

同林鳥各分飛
Get Your Own License

同林鳥各分飛
Get Your Own License

　　在加州除非小孩，幾乎人人有駕照，我在剛到美國的第一個星期之內就拿國際駕照買車，一個月之內考駕照，再訓練自己道路駕駛，每日從住家開到兒子學校，熟悉路徑路況加強安全性，並在一個月之後兒子開學正式開始每日接送，兒子獲選學校籃球隊，練球時連上下學一天來回八趟，是很多美國父母經常做的事，甚至是每日的工作，考駕照前我請一個教練教我道路駕駛，並加強交通規則，除此之外得研讀交通規則準備考駕照，美國的交通規則與台灣有些許不同，台灣紅燈不能右轉，美國在最右車道安全的情況下可以右轉，除非有禁止右轉標誌（NO TURN ON RED），欲紅燈右轉必須車要先完全停下來（full stop）看，然後再開（否則會吃罰單的！）並且得看有沒有行人正在過馬路走人行道，有的話還是不能轉，行人是優先必須禮讓的對象，不要忘記行人永遠最大。美國的老人，到了八十多歲，還是很多自己開車外出活動，有幾次看到走路危危顫顫的老先生過馬路，趕快過去主動攙扶，居然是要到停車場開車，真的很驚人，覺得很佩服，卻也不由自主浮上憐憫，心想自己老了，是不是也非得如此！

　　還有一個重要標誌是Stop Sign，就是一個八邊形的牌子上面有一個大字「STOP」這是台灣沒有的標誌，一定是在馬路的右邊十字路或三叉路口，視路況而定，有Stop Sign的地方就一定沒紅綠燈，它取代紅綠燈的功能，駕駛人遵守先到先停先行的規則，所以在十字路口不會爭先不會發生堵住的情況，這一點是非常好的規定，我個人覺得台灣應該考慮引用。所謂先到先停先行的規定就是，到達Stop Sign一定要踩

煞車完全停止，張望左右方向的動態，然後再加油行進，這是法律規定。 我有好幾個朋友曾經被警察逮到Running Stop就是Stop Sign沒有完全停車，這個得特別留意，不僅罰款還得上課，很麻煩。

剛剛提到行人過馬路最大， 但是有一次我為了CCCA康谷華人協會的新春晚會舞蹈表演服裝，跟朋友到LA買布跟工廠商談服裝製作事宜，走過馬路時，才走一半燈號變紅燈我跟朋友快速跑過馬路，剛好警察紅燈停在對街第一部，看的清清楚楚，馬上警笛聲響，把我跟朋友攔下，當街開罰單一人＄168美金，唉呀！真倒霉，我們是義工跑大老遠來為協會辦事又被罰款，但是更讓我在意的是，我是華人，我不能丟華人的臉，我總覺得哪裡不對勁， 拿著罰單心有不甘，心想，怎麼會如此，明明行人燈號一閃我們遵守規定過馬路，怎麼走幾步就變紅燈，我仔細計算燈號時間，僅6秒變紅燈，太不合理了， 我又檢看附近的燈號，只有2處是6秒，我決定拿錄影機錄燈號上訴，得先繳罰款然後才能上訴，等到上訴規定日期前我又回到違規現場拍燈號錄影，怎麼不對了，燈號變成延長成30秒才變紅燈，我覺得不對，便詢問了幾個路口的商家，老闆說因為太多人被逮太多人抗議燈號太短變紅燈，市政府延長換燈號時間，果然，有問題， 拍錄影，寫上訴信appeal（上訴）成功，退回罰款＄168美金。我這是提醒讀者，若有不合理之處仔細觀察據理力爭，爭取合理對待是必須的。

話說回來，有關駕照，駕照在加州的成年人等於是身分證，所有要看ID（識別證）的要求，就是要看駕照。考駕照那天最好稍微打扮整齊，因為路考及格後過幾天就安排進行筆試，筆試一通過當場拍照簽名就是你的駕照照片，你若是披頭散髮也沒人管你，但是你這照片會

一直在你皮夾，使用信用卡時，時不時得拿出來給店家看。我照片照的還可以，但是簽名的電子顯示器的簽名筆不是很好簽名，我就隨便簽名像小學生簽的字，就這樣如此的醜字就像惡夢跟著我，那可是自己看了都害羞的字啊。在筆試前，會在櫃檯做一個簡單的視力測驗，有戴眼鏡要記得戴上適當的眼鏡，自己的身高體重要換算成英制單位呎feet（ft）、磅pound（lb）。

駕照考題，華人可要求考中文題目，有時在華人超商的黃頁電話簿（yellow page）上有，或者先到汽車監理所Department of Motor Vehicles（DMV）詢問索取，考題的中文語法有點拗口，可能是直接用英文翻譯的關係。多讀幾次考題，不會太難，不過，完全不讀是有可能考不及格，所謂及格是只能錯六題之內，規則或許會改變，得考前確認詢問仔細。有關於美國的交通規則及考試形態，各州會有所不同，有必要自己上網查詢清楚，對自身安全保障是非常重要。

想起考筆試那天，我跟先生一起考，我可是背了好幾天的考題，先生是有一搭沒一搭沒有一點正經的準備，被我罵了好幾回，考試地點是一個開放式平檯，裏面沒坐位，四周圍成一圈，裏面已經站了好幾個人，時間不限制，愛寫多久寫多久，自由交卷，一拿到考試題，我走進考場刻意站離先生遠遠的，他一向我稍稍靠近我就稍稍遠離，怕他不會要我跟他作弊，被逮很丟臉，我不想被他拖累，他小聲的喊我，我站的更遠還狠狠瞪他，用眼神警告他別再叫我別再靠近。考試完交卷給櫃檯辦事員，當場改成績，很緊張呢，不能錯超過六題，結果，我錯一題，我先生全對！我好火，馬上叫櫃檯人員仔細一點再檢查一次他有沒有改錯，我先生聽了哈哈大笑，他說他考試時叫我，是

怕我不會寫，他想幫我，不是要問我怎麼寫，然後他說了一句：「夫妻本是同林鳥，考駕照時各分飛！」這下，換成我哈哈大笑，內心卻暗自苦惱著琢磨著，平時我跟先生倆好勇鬥強，誰也不服氣誰，這下子他不曉得要嘲笑我多久？囂張到幾時？！

兒子的黑豹生涯
School Logo Images

兒子的黑豹生涯
School Logo Images

　　我兒子在高中時是黑豹，為什麼？因為他就讀的高中代表學校的標誌就是Panther黑豹。其他附近的學校有Lancers槍騎兵、Warriors戰士、Musketeers火槍手、Scorpion 蠍子、Tiger 老虎、Cougar 美洲豹…等等，千奇百怪各式各樣，其實還蠻新鮮有趣的，正代表著這國家的活潑性格。

　　美國義務教育從國小到高中畢業，國小五年畢業，國中從六年級到八年級三年，高中從九年級到十二年畢業四年，學制跟台灣不太一樣。即使在美國各地學制學期算法也不是通通一樣，不過總體言之，大同小異。

　　在美國入學公立學校高中以下都很容易，只要是學生家長拿在自己名下的水電瓦斯費收據給學校做為居住該學區証明，就可以辦入學，在美國唸公立學校小學到高中家長不必負擔學費部分，書籍學校會提供不必買，讀完還給學校便是，大部分的人都是如此，沒聽過誰買教科書。但是作報告時得自己到圖書館找資料或上網查資料，但是切勿抄襲，這是大忌諱，視同作弊。

　　若是小孩上私立學校，一個孩子學費大概是一萬到五萬美金一年，得看唸的是哪一個學校。我讓兒子唸公立學校沒讓他去讀私立學校甚至住校，因為，他跟我剛剛到美國，我不想讓他因為私立學校馬上面對資優生對他造成壓力及語文挫折感，也不讓他住校，我寧可自

己每日照顧他，注意他的身心調適新環境的狀況，教育是條不歸路，做母親的必須盡力，這是我對自己的期許，我不給孩子壓力。我認為在太大壓力下的孩子，即使有好成績，也不是我要的。我寧可給孩子時間慢慢進步，做一個身心健康的人，我只是從旁給他最大我所能的助力。

猶記，我跟兒子剛到美國時，我倆都陷於身心極大的困頓中，很辛苦，沒有親人、沒有朋友，一切靠自己，很委屈很艱難，然而在兒子面前，我還是個鐵血母親，是個無敵女金鋼，我不在兒子面前流露脆弱，某一個星期五兒子告訴我，他很想死，我說：「好巧喔！我也是！這樣吧！你想一想我們該怎麼死，咱倆一起死一死，星期一給我答案。」隔天星期六我便刻意帶他去大吃大喝，逛街買球衣球褲，星期天去看電影，買他喜歡的棒球帽！星期一他放學我開車去接他，問他想好沒？他反問我什麼想好沒？我說：「自殺行動啊！」他靦腆的笑著說：「喔！我忘了！」他還是一個孩子，轉移一下他的注意力，他便忘記他刻意跟母親強調的痛苦。這招對我兒有效，我是他媽，所以我有把握！知兒莫若母。

美國是運動英雄主義國家，極重視孩子的強健體魄及參與各項活動的熱情。學習鋼琴、小提琴、電子吉他、爵士鼓的孩子一堆、處處看到很多家庭鋼琴、三角演奏鋼琴坐落屋子一角。至於運動，游泳隊、水球隊、籃球隊、英式足球隊、棒球隊、美式足球隊…項目一堆，不勝枚舉。

高中了！我兒個子高籃球球技不錯，剛好認識我家對面在BYU楊百翰大學唸二年級的大哥哥Randy，他帶兒子在入學前參觀校園，並建議

兒子加入學校籃球隊，並加強訓練兒子球技。美國高中籃球隊很不容易加入必須經過甄選，就是所謂的try out，在三十選十，每三人中淘汰兩人的激烈選拔中，我兒中選，很高興，可以說是在異國建立自信心的好開端。被選拔出來後，還有一件事得完成，那就是得帶兒子去家庭醫師那裡做體檢，証明兒子身體健康適合劇烈運動，把証明交給學校才能成為正式學校籃球隊隊員。從此，兒子連續打了三年籃球校隊，每當看兒子馳騁球場，全隊唯一高個子華人，身高186俊俏的穿著繡有黑豹頭的球衣，不由自主的隨著學校美麗可愛的啦啦隊員們激動的大喊：「Go! Panthers! Go!」

美國人也進補
Learning Center

美國人也進補
Learning Center

　　華人進補，美國人也進補，不要誤會，不是像華人吃中藥食補，美國人沒有食療進補的習慣，只有均衡營養的觀念。我說的美國人進補，是進補習班的意思，美國什麼都喜歡用簡稱，所以我就用「進補」來簡稱美國孩子上補習班補習。其實中美沒什麼大不同的，孩子上學之外還是得補習，如果你認為美國人不補習，那真是一個美麗的誤會！

　　美國人重視教育跟華人是一樣的，英文的字彙裡沒有補習班這個字，而是Learning Center, Academic Center …學習中心、學術中心等等不同名稱所取代，所以說美國沒有補習班也算是合理，因為名稱不同。每一個新移民最擔心的就是孩子的語文問題，是不是能跟上學校同年齡的孩子，那是肯定暫時跟不上的，所以一定得加強，送補習班或是家教（tutor）是要的，不是絕對要，但是去補習相對是有益處。另外要讓孩子看電視節目，幫孩子挑選電視節目從電視學日常口語的英文是最直接最快速，孩子上學也會慢慢追上，不要給孩子太大壓力過度擔心。

　　美國孩子的升學壓力不亞於亞洲國家的小孩，不過得看孩子有沒有打算上大學，美國小孩等到十八歲就是成年，可以開車，可以結婚，但是要滿二十一歲才能合法喝酒，提到喝酒，如果看起來年紀較輕的客人點酒喝時，服務生通常會要求看其身份証（check ID），ID 通常是指駕照，若沒帶駕照在身上，就算已滿二十一歲，如果拿不出證

明就不能喝酒,尤其是長的娃娃臉(baby face)的人,一口都不行。有一次,我請客帶著幾個親友去吃飯,其中有一個沒帶駕照但實際年齡已超過二十一歲,他不小心錯拿同桌親友的酒杯喝了一口酒,馬上餐館經理過來,蹲下來在我身邊輕聲說:「女士(Ma'am),因為你朋友提不出 ID,所以他不能喝酒,但是他喝了,我必須收走桌上所有的酒,因為如果被查到,我們餐廳的酒牌會被吊銷,不過我們收走的酒免費,我們不會將它們算在妳帳單上。對不起!」結果同行的四個人餐前點的開胃酒全部被禮貌地收走了。可見美國對酒的管制是非常非常嚴格的!喝了酒更是絕對不能開車,如果被警察攔截臨檢發現,不僅重罰還要上課或是社會服務,駕照輕則吊扣重則吊銷,酒駕出意外導致他人傷亡者,據說重者可以論處到二級謀殺罪名,法律雖隨時可能會修改,但是基於人權保護人命,依我之見只會愈修改處罰愈重。另外保險公司一旦接到保戶酒駕被逮通報,汽車保險保費會很快速的提高許多。酒駕要付出的代價、所冒的個人風險、傷及自己危害他人,代價太高太可怕了。

美國在高中時期,跟台灣一樣是補習人數最多的時候,不僅僅補學科練習考試(SAT),還得學習寫申請大學的作文,這作文寫的好不好會影響到入學的錄取,當然大學部對收不收該生,考慮的因素是全面性的,舉凡學生在學校的總成績(GPA),參加了哪些活動團體,社區勞動時數(據悉最好要超過100個小時),美國大學入學考試SAT的成績,如果只有SAT考的很好,其他通通不好是不行的,美國人不喜歡書呆子,他們稱之為「考試機器」,通常美國高中生很多人會選擇在十一年級考兩次SAT,十二年級就不考試等畢業,有很多學生以為考完

SAT就鬆懈了，導致在學的平常成績退步太多，有朋友的小孩SAT考很好據說被某校錄取，後來GPA退步太大，被該校取消錄取，所以不能太鬆懈，虎頭蛇尾的人，大學招生單位是不欣賞的。要在此強調的就是申請入學的作文。這篇作文非常非常重要，要寫的好、寫的生動、寫的捉住評選人的眼睛，要下很多功夫，要寫人生觀，自己的親身經歷或轉變，要勇敢樂觀進取。為了增長兒子的眼界，我帶他出美國去看看，坐遊輪去墨西哥，搭飛機去中國上海、北京、長春、再去日本東京，回家後，他寫了一篇不能有偏見、不能預設成見，不能使自己成為井底之蛙的文章。成為他的申請大學作文，也很幸運的順利進入加州某州立大學，我歡喜雀躍，不是長春藤名校為什麼如此滿意？因為我認為如果父母老是不滿意不願肯定子女的成就與努力，那麼教育出來的孩子容易缺乏信心，給孩子信心是父母一生要做的自我教育，如何做父母是父母一生的學習，然而這種學習並沒有補習班，家就是上課的地方。「父母親跟孩子面對面真心溝通是絕對必要的。」

枇杷奇異果魚丸湯
Creative Cooking

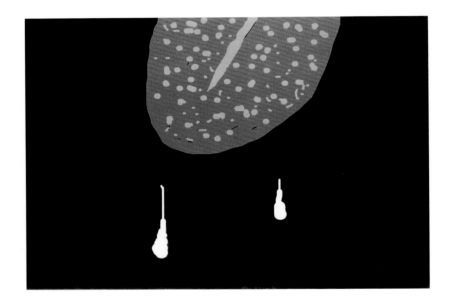

枇杷奇異果魚丸湯
Creative Cooking

聯合國在9/12， 2014年公布最新報告指出，2013年全球移民人口突破2.32億，而最吸引移民的依序為美國、西歐與波斯灣產油國。美國據最新2013年調查數據顯示，目前美國華人居住前五大區域是：第一加州，其次是紐約，第三新澤西州，第四德州，第五華盛頓州。加州是華人在美國移民人數最多的州，總數逐年遞增約340萬人，佔華人移民美國總數的百分之四十左右。

加州有分華人集中區，還有白人區，在大洛杉磯LA地區的華人區有Monterey Park、Diamond Bar、Orange county……住在以上這些地區，想要吃中國食物是非常方便的，有很多道地而且有名的餐廳，如果自己要下廚，也有賣中華料理食物材料的大超商，食物多樣又新鮮。據心理學家分析，食物的滿足可以增加人類的幸福感，所以住在華人區，針對飲食而言，是很幸福的一件事情！

我是住在白人區，白人區的中國餐廳非常有限，菜式也是經過加工大有不同，比方說有一道我喜歡吃的湖南菜左宗棠雞，在我的經驗裡，左宗棠雞應該是鹹鹹香香生薑烹調而成，在白人區的中國餐廳為了配合白人的口味變成酸酸甜甜的，第一次吃到的時候，我嚇了一跳，是我點錯了嗎？我納悶的想著，把服務生請過來問他，沒錯！就是左宗棠雞。後來點了一道漳茶鴨，怎麼又是甜的，我真是投降了。沒辦法，在這一區華人是少數，餐廳必須迎合大多數人的口味，所以當白人朋友告訴我，他們喜歡吃中國菜，我真是不曉得該說些甚麼。只

好跟他們說：「是的，中國菜非常好吃，我也很喜歡。」特別要一提的是在台灣餐廳用餐，付帳時稅跟服務費都包括在帳單裡，只要刷卡簽名就行，但是在美國，小費tip是外加的，每次的帳單一來就得數學演算，一般小費給的習慣是10-20%，看服務的滿意度，顧客自行決定，我一般採取中庸給15%。

想到移民前，住在台北的時候，家中有佣人負責燒飯菜，過的是茶來伸手飯來張口的日子，想要吃水果打個電話就有水果販，將水果送到家裡來，要不就上餐廳吃飯，方便極了。在美國吃多了美國食物，美國食物吃來吃去就是漢堡、薯條、牛排、雞排、羊排、豬排、魚排、披薩，雖然還有墨西哥菜、印度菜、希臘菜、法國菜、波斯菜，但是終究還是會膩。會想買一些食材回來煮，可是我的廚藝又很差，到美國因為沒有請佣人，一切都是自己來，從我這裡去到達華人超市，大概是一個小時的車程，通常會早上去中午在那邊用餐，品嘗好吃的中國菜，然後買菜再往回開，早上出門回來也已經下午了，所以買個菜就像是一日遊，因為實在是蠻遠的。

沒辦法，在白人的超市裡面，就是買不到華人喜歡吃的青菜或水果食材，比方說空心菜、茼蒿、金針菇、絲瓜、荸薺、荔枝、蓮霧、綠棗子、芭樂、雞爪、鴨翅膀、海帶、豆乾、沙茶醬、甜麵醬、油豆腐…等等。所以每次到華人超市買菜，買的滿滿的一車子，活像逃難似的。這就是我先生說我的：「人小志氣大！」到頭來這些菜很多是爛掉要丟的。

到美國來我立定的一個志向，就是要燒飯給兒子吃，這對別人很

容易，對我來說是難上加難。先生從如何煎荷包蛋開始教我，我問他要先開爐火還是先放油，他回答我都可以，我不接受這個答案，有點生氣，認為他做事不科學，爭論最後我得到一個結論，就是應該先放鍋子在爐子上，然後開火再放油，等到油熱了，放蛋，把鍋蓋蓋上，不去理會它，散步三分鐘，回到廚房掀鍋蓋，荷包蛋就算完成了！很容易！就這樣學會了煎荷包蛋，心裡真的很高興，覺得煮菜好像沒那麼難，先生又告訴我：「麻油是好油！」我心想既然是好油，多吃應該是有益，在我獨自照顧兒子的時候，我餐餐用麻油炒菜，熬湯調味也加麻油，兒子問我，為什麼炒菜也用麻油，我回答兒子：「因為爸爸說麻油是好油，我相信可以多吃！」結果把我自己跟兒子，各養胖大約五公斤，人在肥中不知肥，直到有一天照相嚇了一跳，相片中的人是誰呀？兒子怪我沒說他胖了，我抱怨兒子沒告訴我肥，兩個人猛運動，好不容易才又恢復身材，真的是很驚險。後來，先生來美國，我劈頭就問：「為何說麻油是好油？讓我把自己跟兒子養得肥漬漬的！」他說：「麻油本來就是好油，可以滴幾滴在湯裡調味！」我還是怪他，為什麼教導人只教一半，讓我想到有一次，我還在台灣時，同事說紅燒油豆腐雞可以加檸檬，我想嘗試看看，燒了一鍋紅燒雞油豆腐，加了兩顆帶皮的檸檬，很高興的讓先生兒子品嚐，他們吃了一口馬上吐出來，大聲地說苦的！我不信也吃了一口，趕快吐出來，果然苦的，結果一大鍋倒掉，好深的挫折感，隔天上班問同事，你不是說紅燒油豆腐雞加檸檬比較好吃嗎？同事回答：「對呀！加幾滴檸檬會更好吃」我聽了翻白眼簡直要昏倒！

我有一種深深的感覺，感覺遺傳基因是很可怕，對於後代影響是

強烈的，我父親從不進廚房，有一天他肚子餓了，一時興起想煮點東西給自己，不想煩勞母親，所以就自己在廚房煮起東西來。母親聽到廚房有聲響，便進廚房瞧瞧，一看便驚呼出來：「這是什麼？怎麼吃啊？」原來父親用牛奶煮了一鍋白麵條，父親回答母親說：「牛奶很營養，煮麵條剛好？」

最近，感覺自己廚藝已經進步，有一天想喝個魚丸湯，發現家裡沒有青菜，看到朋友送的枇杷還沒吃完，因為這些枇杷有點酸，心想可不能浪費，枇杷在美國是有錢買不到的，粒粒皆珍貴，心想它的酸正好可以調味，冰箱還有一些奇異果，可以取代植物的葉綠素，所以就做了一道枇杷奇異果魚丸湯，我感覺很好吃，可是我先生看到兒子吃我煮的飯菜，總是會對兒子愛憐說一句：「兒子啊！辛苦了！」我感覺這句話意思很不好！白了先生一眼，接著我問了兒子一句：「兒子！要不要再來一碗枇杷奇異果魚丸湯？」

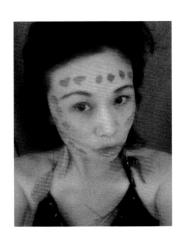

沒有保險不保險
Insurance is a Must

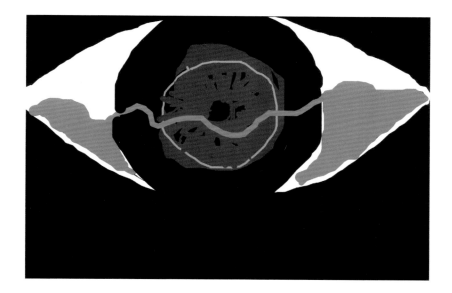

沒有保險不保險
Insurance is a Must

美國是一個風險很高的國家，為甚麼說風險很高呢？因為萬一有甚麼狀況發生可能要付出龐大的費用，為了安心，幾乎人人買保險，只要聽到有誰沒有買保險，總覺得那簡直是在冒險過日子，令人捏把冷汗。

在台灣的時候，朋友聊天很少提到保險的事情，偶爾帶到也不過三兩句，但是在美國就不一樣了，保險總是一個很重要的話題，健康保險通常是美國最重要而且最混亂的保險，自從美國總統歐巴馬提出的健康保險議題以後，連健康保險從業人員，有時候都不知所措，更何況是我們這些買保險的人了，朋友也經常跟我說，他們買保險的經驗很差，保費貴，限制又多，一旦發現疾病需要治療，打電話給保險公司詢問，就經常得到不知所以的答案，往往怒氣中生，又無可奈何，不知道自己的保障到底是怎樣，保險內容被保險公司改來改去換來換去，保險費也調來調去，再怎麼調都不會有利於保險人，就像任人宰割的羔羊，逆來順受不得不接受宰割。然而經驗因人而異，有些人滿意度相當高。

在美國看病眾所皆知非常昂貴，而且非常沒效率，生病預約掛號，掛到號可能就是一個月兩個月之後，病得輕一點，到時候可能就已經痊癒了，病得重一點，到時候可能就歸西了，這是讓人非常生氣不滿的，為甚麼會這樣呢？我也不清楚，有人說是因為醫療保險與醫院的契約行為，必須指定醫院醫生，否則即使你去找醫生看病，不是保險公司指定的醫院醫生，保險公司是不理賠的，非常的不合理，非常的霸道，非常的不顧慮人民的需求，但是又能如何，小蝦米如何鬥得過大鯨魚。生氣歸

生氣保險還是得買！因為生病生不起，生病住院開刀會導致破產或瀕臨破產，除非你是家財萬貫。

　　舉例來說，我有一個白人鄰居他沒買健康保險，有一天晚上他突然心臟不舒服，情急之下打了911請求協助，911中心替他叫了一部救護車，十分鐘之內趕到，把他用擔架抬上救護車，戴上氧氣罩，到醫院只有五分鐘的車程，到達以後，醫護人員幫他接上心電圖，心臟這個時候沒有那麼不舒服了，所以就繼續留院觀察，就這樣過了一夜，隔天出院，兩個星期後賬單來了，$8500美金，$3500美金的救護車費用，別忘記他在救護車上只有短短的五分鐘，因為到醫院的距離只有3.5哩，也就是6公里不到，急診室觀察的費用要美金$5000，只有心電圖，沒有服用任何藥物或者任何治療。朋友告訴我，身體不舒服到醫院掛急診時，自覺必須馬上得到醫療救助，最好一進急診室馬上躺在地上昏倒，否則自己硬撐可能等個幾小時也沒人過來協助。

　　另外一個案例，朋友的小孩發高燒，趕忙帶到急診室，請求醫生協助，在急診室等了兩個小時，醫生終於過來要護士小姐幫小病人量體溫，醫生看了看溫度，連小病人的額頭都沒有碰，吩咐護士小姐拿一瓶電解質的運動飲料給小病人，然後留院繼續觀察，過了一個晚上燒也就退了，費用美金$2500。

　　緊接著這個案例的金額更是嚇人，有一個朋友，也是沒有買保險，有一天晚上昏倒，被家人送上救護車，到達醫院後，醫院說設備不夠，得轉更大的醫院，因為情況緊急，便派直升機準備將病人送到其他醫院，可是到達其他醫院時，當地醫院有濃霧無法降落，又折返，回到原來的

醫院，醫院救護車將我朋友就送到大的醫院，可是情況很不好，大約十幾天左右，便離開了人世，所有朋友都萬分不捨，異常的難過，太令人震驚。結算友人醫療費用居然一百多萬美金，據說跟醫院協調後醫療費用是六十萬美金，好龐大的一筆數字，所以沒有買保險是風險很大的，絕對不能等閒視之。到了美國，才知道台灣的全民健康保險制度是多麼的照顧台灣民眾的健康。在台灣參加了全民健保，可以任意選擇醫院或者醫生，完全不會受限制或者不被接受，台灣健保的規定比較人性，我在台灣時，真是身在福中不知福。

另外還有一點也是非常的重要，有一個朋友，夫妻倆人到美國來度假，居住在朋友的家，相約大清早去爬山，美國住久了就會喜歡爬山運動，結果這對夫妻也一起去爬山，爬到一半，先生突然覺得身體不適，情急之下叫了救護車把他到醫院，原來是心肌梗塞，緊急開刀做支架，如此一來，醫療費用高達二十萬美金，回到台灣以後，夫妻倆還在努力賺錢還這筆醫療費用。這個故事是要提醒大家，即使到美國來只是旅遊或者小住，都要買健康保險，以防萬一，不僅保障自己的健康安全狀況，更是避免拖累家人。綜合所述，買保險就對了，別光想著僥倖，小心駛得萬年船。舉凡，健康保險、車險、房險、火險、水險、地震險、業務過失賠償險、洗衣機險、烘衣機險、廚房瓦斯爐險、電冰箱險、冷氣機險、暖氣機險、還有工人來家裡做工萬一跌傷的屋主責任險。有個重點是要留意的就是在加州居住，房子火險一定要買，因為天乾物燥，春秋二季容易有山火。然而每個房子，不見得想買火險就能買到，有的房子因為後面就是緊鄰一片山，保險公司不願承保就買不到保險，在購屋前應先問清這一點，以免造成想買保險買不到的遺憾。總之美國處處驚險，不得不保險。

警察伯伯您好
Pay Respect to Police

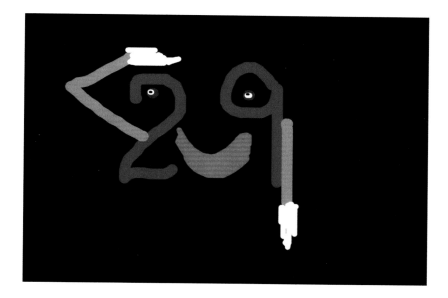

警察伯伯您好
Pay Respect to Police

「Police」警察在美國權利很大，一般小老百姓都很敬畏警察，在馬路上只要看到大家開車速度突然放慢尤其是在高速公路上，一般是有警察在附近，屢試不爽，我相信世界各國人民都很尊敬警察，但是心理及實際情況下還是會有差距。我的父親是警察，二姊，舅舅是警官，我喜歡台灣警察，我覺得台灣警察大多很親民。

在美國開車時，如果突然間感覺後面的車子發出強烈的閃光燈，一閃一閃的，就是警察在後方要駕駛人放慢速度停車受檢查，如果駕駛人是在高速公路上離下個出口很近，為了安全起見駕駛人可以打燈號放慢速度，表示駕駛人將在下高速公路後馬上停車受檢，這是允許的。千萬不要不停還加速，這樣麻煩就大了，警車可能馬上鳴叫聲大起追逐到底，因為駕駛人涉嫌逃跑，警察認定該駕駛人一定是做了什麼不法事情，甚至開槍制止都是可能發生的。當車子路邊停妥後，雙手要放在駕駛方向盤上保持不動，切記！這點可是保命的重點，別急著要拿駕照給警察，警察若誤解駕駛人要掏槍，可是會拿槍出來打駕駛人，曾發生過多次案例，若發生這種不幸，警察是完全免責的，不可不謹記在心！等到警察靠近跟駕駛人說為何被攔的原因，他要駕駛人拿駕照再取駕照受檢。只要駕駛人不犯法不違規，有時是因為該車煞車燈不亮、方向燈一直閃可能忘記關、甚至是加油箱忘記鎖上，為了駕駛人安全而攔車，並不一定全是壞事。先弄清楚情況別急著緊張害怕。美國因為憲法允許人民可以持有槍枝保護自身及家園安全，槍枝泛濫的結果就是處處得小心。警察也是為了自身安全所以得注意別

輕舉妄動。若是有時候得迴轉車輛時，千萬別開上私人住宅前的私人停車位（driveway），一樣的道理，闖入私人財產，保護安全起見可拿槍射擊非法入侵，不必負刑事責任。

剛到美國時我們經常去看房子，一來好奇，二來準備購屋，我跟先生有一次被一輛警車尾隨閃爍燈，我們因為不懂，沒有人告知我們警車閃爍燈號尾隨就得停車受檢，我們只是覺得奇怪，放慢速度還一直開一直開，心裡納悶著怎麼回事，就聽到警車用麥克風喊：「Please stop your car!」我們才知道是指我們，嚇了一大跳，後來我們馬上停車，我要先生手放方向盤不要動，警察前來問我們為什麼不停，我們告訴警察我們是新移民剛到美國不到一個月，所以不知道是要我們停車，不是要逃跑（Not trying to run away），警察說：「You have been reported!」你們被報警，因為鄰居說你們經常去他們的屋子前逗留，我們就回答，因為那個房子在出售，我們對該房子很感興趣所以常去看。警察說：「Ok! Just let you know!」真是的！很不好的經驗，在此分享，希望能對讀者有警惕作用。

警車、校車、救護車、救火車、這四種車要敬而遠之，看到校車在路邊閃燈停車，讓學生上下車，只要是同方向的後面來車通通要停止，不管是在第幾線道，不得從旁邊車道開過，那是重大違規！考慮的理由是，萬一此時學生穿越馬路會發生危險。若是看到警車、救護車、救火車閃爍燈號警笛聲大作，得減速靠邊停，在高速公路亦然。不得跟著這些車後面貪快追逐，嚴重違法！另外再補充一點，高速公路上的carpool 車道絕大部分地區是二人以上，極少數地區是限制三人以上才能走carpool 車道，否則會被罰款。加州高速公路上還有一種

Express Lanes（The Toll Roads 付費道路），必須要先裝設FasTrak感應器，才可以開上去否則會被罰款。

　　在別的國家得遵守別的國家的規矩，比方說，如果有禁止吸煙的地方就絕對不要吸煙，在餐廳用餐盡量輕聲細語，以對方聽到為原則，草皮大部份都是可以踏的，但是若到了墓園有些區域草皮為了表示對死者的尊重是不能踐踏的，長在馬路旁或公園樹上的水果，是不能任意摘取的，那是政府的財產，國家公園的一草一木一石，都不能拿，否則就是竊取國家財產。國情不同規定不一樣，要很小心。在高中以下的學齡小孩如果在上學上課的時間若仍在馬路上遊盪，警察會上前詢問，為何沒上學，上學是美國人對國家應盡的義務。高中以下學生，每日上課前，都會由學校校長經過廣播，全體在自己的教室起立，宣誓對美國效忠，把右手放在左胸上，每日上課前灌輸學生愛國觀念，誓詞是這樣的：

> "I pledge allegiance to the flag of the United States of America,
>
> and to the republic for which it stands,
>
> one nation under God, indivisible,
>
> with liberty and justice for all."

　　學校都有校警維護安全，記得兒子上高中二年級時，突然接到學校電話說學校傳言有炸彈，全部學生集合在足球場，由學生家長馬上疏散領回。家長排長龍花了好幾個小時領回小孩，還好是虛驚一場，據說接到一個惡作劇電話，家長間的傳說是以前發生過爆炸不得不小心。

話說，加州近郊住宅區一到晚上非常安靜，有時候晚上都可以聽到附近山上郊狼狩獵呼號，或者貓頭鷹的咕咕叫聲，所以安靜是居家常態，星期五、星期六晚上通常會較熱鬧，因為美國人派對（party）一般會刻意安排在這兩天晚上，所以對音樂聲吵鬧聲容忍度較高。但若是吵的太過份，是會被鄰居報警的，美國人動不動就報警，動不動就打官司，舉世聞名。在美國最好文明一點，要吵架請小聲一點，不要吵到鄰居，若被報警還可能被警察隔離偵訊，若夫妻吵架有拉扯被警察認定是家暴，那事情就又更嚴重，施暴者可能馬上被銬帶走，別以為吵架是夫妻自家的事，錯！美國人管的事才多了。美國不見得是老人的地獄卻一定是小孩的天堂，國家未來的主人翁是不能隨便打罵的，有部分華人有時候會對小孩講話大聲，甚至於體罰，在華人認知裡打打小孩屁股或手心，是愛之深責之切，錯！在美國這就是虐待兒童，小學老師有時候會詢問小朋友在家庭的情況，小朋友若說被父母打，那不得了，若被認定情節嚴重，孩子會被家庭輔導員帶走，安排在寄宿家庭，開始調查案件保護孩童。有的父母不得不找律師設法要回自己的孩子，所以，每一件事都得知道重點是什麼，要注意要遵守，這些都是美國「國民生活需知」看完這些，你對美國想必應該已具備初步的法律常識了。雖然美國人對警察很不滿的時候會說「Is this a police state?」這是一個警察國家嗎？警察或公家單位會否認：「No! This is not a police state!」（不！這不是一個警察國家！）不過，我還是很誠心的建議，遇到警察還是用身體語言說一句：「警察伯伯您好！」恭敬一點。

洋涇幫英文
My Chinese Pidgin English

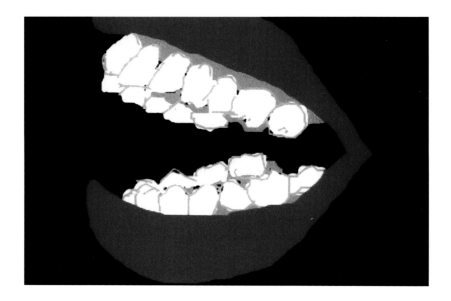

洋涇幫英文
My Chinese Pidgin English

　　一個人長期不開口說話，舌頭想必會得到暗室幽閉症。居於這個想法，我不讓舌頭孤單害怕，經常在想如何教習慣中文的舌頭說英文唱英文歌，我先看電視新聞及談話性結目，懂多少算多少，不給自己壓力，先讓耳朵習慣英語，然後買電影DVD看電影作筆記，一部一個小時四十分鐘的電影，由於查單字作筆記停停看看，可以花上五個小時，雖然費時但是一定值得，另外一個方法我選擇學唱英文歌，很快學會了英文的自言自語，然後在日常生活中運用，就可以慢慢學會英文對話，輔以肢體語言，就能從家門一步一步踏出、踏遠、踏入美國的英語世界。初到美國的陌生環境，是很容易讓人膽怯，會了一點基礎英文，我馬上去上美國政府辦的Adult School學習語文，美國政府不希望在美國生活的人民不會說英文，所以人人可以去Adult School學英文，至於要不要收費，因個人住的州情況不同先打電話確認一下，我住的區域學校將英文程度分成五級，先單獨口試然後當場分級，我的爛英文被分到最高級第五級，我很驚訝，可見外國來的人英文程度普遍低落。美國統計局數據顯示2000年至2010年，講英文的移民從1900年的85%降至2010年的71%，英文能力明顯下降。美國基本上對於移民如何融入社會是沒有提供幫助的，移民進入這個國家後基本上完全靠自己。Adult School 可以稱之為僅有的協助。我認為英文能力對於移民的經濟及生活非常重要，就像可以在社交圈上如何發揮作用一樣。語文是溝通的第一步，如果硬是不肯學習，那就最好選擇住在華人區，進出生活交友全部華人，那跟沒有移民感覺上不會有太多差別，然而文件，重要事件，小孩上學與學校溝通，家長還是要以英文來跟學校

交換意見，所以還是得學英文。不會說英語舌頭動不了，舌頭動不了容易得暗室幽閉症，然後導致人不出門，人得憂鬱症，互為因果。

　　在Adult School 時認識兩位也同樣是語文學校的朋友，她們邀我一同去上托福課，反正學習是好事，上就上吧。托福課其實還蠻難的，挑戰性比較大，我上冬季班的托福課，當學期結束時，快要接近中國年，我拿到結業證書，心裡很高興，「托福TOEFL托您的福！」心裡是這樣想的，感覺很吉祥，在新年前拿到托福結業證書，就像在美國拿到中國春聯一樣的高興，人在國外思維也就大不同。

　　在海外的華人，互相見面時，還是以中文溝通為主，時而中間穿插夾雜著英文，因為變成是一種生活習慣，將英文的關鍵字穿插在中間，沒有刻意再去翻譯，久之，也不覺得有甚麼好奇怪，這就是所謂的以中文為主體的洋涇幫英文，Chinese Pidgin English是洋涇幫英語的正式說法，我變成了自己以前最討厭的洋涇幫。那種好像故意在華人圈中故意蹦出英文的華人。尤其是回到台灣的時候，跟朋友交談時不小心蹦出英文，真的不是故意的！

　　在美國跟白人講英文，有時也會蹦出中文，腦子裡面的語文控制中樞，切換來切換去，想必是來不及。經常讓自己不覺莞爾，而其中的苦樂只有自己知道。語文，是一種永久的學習，經常會遇到不同的情況，感覺自己還是很不足的，這時遇到了一位項大姐，她是一個永遠在學習的人，我很敬佩她學習的精神，她鼓勵我去英文演講俱樂部Toastmasters club，這是一個連很多美國白人都提不起勇氣參加的英文演講俱樂部，我是初生之犢不畏虎，好吧參加就參加，只要是會進步的事情我都願意嘗試，所以項大姐就把我領進英文演講俱樂部，果然

要求很嚴格，我在這個俱樂部進步很多，膽量也變大了，並且上台比賽四回，題目分別是第一篇「Run! Run for your life」、第二篇「Shall we dance!」、第三篇「It's about life and death」、第四篇「5！4！3！2！1！The final count down」。其中一次得到了最佳演說者best speaker, 演講題目是「Shall we dance!」。這篇英文演講稿，用詞遣字非常淺顯，我先用中文思維思考一遍，再慢慢用自己生澀的英文書寫，然後請白人朋友幫我訂正，看似簡單，對初到美國的我，可是花了一番功夫，在下一篇文章，會附上，供大家參考，那是很典型在英文演講俱樂部，上台演講時的方式及用語。在演講比賽時，我可是穿著西班牙舞衣舞鞋，手拿西班牙響板，放一小段音樂示範舞步，稿子背得熟透，想做一個好演講，不是那麼容易，俱樂部要求的標準很高，說話不能遲疑有贅字贅詞都會扣分。演講完，全部會員會給你文字講評優缺點讓你日後再改進，演說一完畢，會員們立刻寫下對於我演講技巧的正面意見及鼓勵，這對我日後有相當大的幫助。當晚我拿到二十多個會員給我的意見，這些建議我視為瑰寶，細細研讀，珍藏至今。另外還有一個會員，專門針對我的演說上台講評，然後全部的會員票選當日的第一名，每次比賽人數大約控制在五人左右，是一個很好的訓練。

即使時至今日，我仍覺得自己英文能力不足，有時候不免結結巴巴，還是一直努力的在學習中，只要我不懂，還是得查字典，絕對不能不懂裝懂，因為我知道，裝懂是學習的致命傷。白人朋友喜歡跟我討論，到底是英文難還是中文難，他們一致認為，英文是由二十六個字母拼湊起來，而我告訴他們中文有三十七個注音符號，二百一十四個部首，對他們而言是各種圖畫拼湊起來，簡直是不可思議的難，結論就是中文要比英文難太多了。他們覺得華人會中文而且還會英文真

是很不可思議，如果讓他們學習中文講中文，他們一定沒辦法像我們講英文那麼流利，他們覺得華人是一個非常聰明的民族，我感覺很光榮。英文真的沒有想像中那麼難，講錯了沒關係，改進再努力。不論你在美國，大陸，或者台灣，請撇開崇洋媚外的迷思，就算美國人本身也是經常遇到生字不斷查字典的，我生活在美國才發現這情形，很多字他們經常是會說，但是要求他們拼出來時，有時也是會有一些難度與不確定。畢竟因為是國際語言，多懂一些總是好的。

時至今日在加州，我仍操著洋涇幫英文跟白人交談，歲暮寒盡春末初夏，我還是一個說英文有著濃濃性感中文口音的外國人，我先生說：「妳這種人自我感覺良好！」我反問他：「這樣有什麼不好！？」

我的英文演講稿
Shall we dance

Blue Danube·····················

Mr. Toastmaster

Fellow Toastmasters

And most welcome guests

Yes！

The music I was just playing was written by Johann Strauss* Blue Danube*, the best-selling music score in the world.

When I was 8 years old my parents wanted me to take a ballet dancing class. The first dancing background music was * Blue Danube*.

This classic music affected my life very much.

Even today whenever I hear * Blue Danube*,

memories of ballet dancing comes back to my mind and my heart is filled with joy.

I fell in love with dancing. Dancing became part of my life.

Before I graduated from middle school, I took 5 years of ballet dancing class and 3 years of Chinese Traditional dancing class.

When I was in high school,

my focus was on academics and I was unable to take dancing classes. But I could not part with dancing altogether.

So, I asked my mother to put a really big mirror up on the wall in my room.

When I would feel tense,

I would face the mirror and dance the ballet basic steps to relax myself.

It became a habit for me; a habit that I continue to practice to this day.

At the beginning of my married life.

Sometimes, I faced a big mirror that stood on the wooden floor of my room. In the hours of the night,
I would close my eyes and dance to the music in the dark.
I was so focused on dancing that I wouldn't even notice that my husband came into the bedroom and sat on the sofa watching me.
When I would open my eyes, I was frightened by him.
It took me about 6 months to get used to it.

Then, I had my baby boy.
During those times, on winter Sundays,
when my husband and my son were still asleep.
I enjoyed going out to the park to skate at 6 in the morning.
It was so peaceful out there in the park.
There was no one else but me.
Skating in the freezing heavy fog.
It was just like dancing in a cloud; flying without wings.
So beautiful like a wonderful dream.

Before I came to America,
I took 3 years of Flamingo Spanish dancing class.
（These are clickers, they were made by hard wood. When we dance sometimes we use these.）
And these are hand-made Flamingo dancing shoes, there are 70 nails on the top and 50 nails on the heel.
Flamingo is a powerful explosive dance and full of energy. Look!（Dancing flamingo steps·············.）feel so good! Wanna try?

After that, I took belly dancing class for one year.
Then I came to America.
Last year, I took belly dancing class at Hill Crest Community Center.

Do you think dancing is just for young people?

No! Not at all!

In that belly dancing class, there was an old lady about 70 years old.

She was so fancy with her finger nails and toe nails polished in red. She was so lovely.

When she danced, her eyes sparkled with happiness.

Even though her face was covered with lines.

I was so impressed.

Now, I am taking Cardio- Dancing class at Gold's Gym.

There's also a 72 years old man in this class.

He dances so hard and is full of joy every time.

Maybe he was a playboy when he was young.

Perhaps he still is now.

I don't know.

He's so happy and nice.

He is the only man in this class.

He seems so proud of himself.

And everyone likes him.

I am an incurable ROMANTIC!

I think the most beautiful thing is an old couple whose faces are covered with lines dancing a slow dance. Slowly and gracefully,

not noticing the gray of their hair but looking into each other's eyes and smiling a smile that is full of love.

Although our bodies are getting older and older,

down deep inside part of our spirits still the 8 years old little boys and little girls.

Life should still be full of hope and happiness.

Not just waiting to the end.

Cheer up you boys and girls.

Even flags dance in the wind. Butterflies dance in the spring.

It's never too late for dance.
Don't be afraid to change your life.
Come on! Dancing is just a kind of body language.
Don't lose the passion that dance can bring.

Even if we can't all Dancing with the Stars,
but I am here,
you can dance with me.
Whatever dance you would like to dance.
You just take the lead.
And I will follow.
Shall we dance?
****

Mr. Toastmaster

整修房子與婚姻發生關係
Remodeling and Marriage Crisis

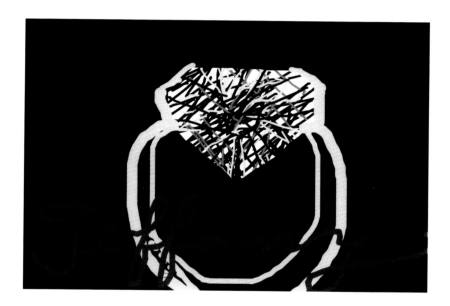

整修房子與婚姻發生關係
Remodeling and Marriage Crisis

　　美國有一句諺語：「如果你想離婚你只需要整修房子！」「If you want a divorce all you need to do is remodeling your house!」當我們考慮買一個二十多年的老房子，好多人告訴我這句話，不論是華人或者是美國白人對這句話都非常的熟悉，據他們表示，在美國整修房子是一件非常麻煩困難的事，夫妻因為整修房子意見不合而大吵特吵，等到房子整修好了，就開始打離婚官司，馬上又開始賣房子，賣房子所得價金一人一半，美國的法律在離婚官司上是保護婦女的。所以，很多人都勸我不要買老房子自己整修，可是對我而言，新房子不僅貴而且我也很挑剔，很難遇到完全適合我心意的房子，到頭來我還是得自己整修，新房子老房子對我而言沒有不同，而且老房子只要格局好我就可以把它整的跟新的一樣，這一點信心我是有的，仗著在台灣多次整修房子的經驗，我相信難不倒我。別人倒是都為我捏把冷汗，這可都是全部要用英文溝通的，朋友問我：「你能行嗎？」我說不試試看永遠不知道。所以就花了一個很低的價格把一個很老的房子給買了進來，原始的房子主人，因為付不起貸款錢，減價賣給了我們，我們也算是很幸運了。

　　在美國買房子，一般要預付百分之三的出價訂金，仲介（agent）才會把這個出價（offer）跟房主談，有一個行之已久的規定，價格談不攏的話，該支票退還出價的人。仲介（agent）的佣金一般來說是買方3%賣方3%，通常是賣方支付，至於實際多少可以彈性討論的。現在有一種現象，在白人區的房價波動較緩和合理，相較吻合經濟效益的走勢，但是在加州的若干著名華人集中地區，因為許多富人拿大量現

金砸出來的房價已經漲幅不合理，這是一種社會現象，再繼續下去生活在這些地區的人民生活成本因為房價而大大提高，因為「住」是人類的根本需求，省不了的， 房租及房屋售價水漲船高，已經有聽到住華人區的許多人有若干的憂心，擔心下一代要置產恐怕越來越辛苦。這個問題不容易解決，但是得留意將來造成的影響。

有了房子就得開始找工人來整修，整修有兩種方式，一種是全部自己找工人來整修，一種是找一個工頭來幫你整修，工頭就是美國人所謂的contractor，找contractor來負責設計監工價格上很貴，美國人工本來就很貴，貴上加貴，我還是決定自己來監工。修房子的工作順序通常採取由上到下，也就是上從換屋瓦開始，循序逐漸往下一直到地板，最後油漆收工。聽起來好像很容易，其中難度蠻高，一則是調派工人互相配合不容易，二者是找工人估價非常繁瑣，估價要找幾組工人評估能力及價格，工人又有分有執照以及沒有執照的工人，有執照的工人當然比較貴，沒有執照的工人就便宜多了，但是重要的工程，一定得找有執照的工人，這算是對工程安全的保障。

美國的房子（house）大都是木造的，感覺像是住在玩具屋裡，木造是為了防震機能較佳，美國木材多取材方便快捷，房子主結構是大木材的棟樑橫樑，中間放隔熱綿，隔熱綿厚度有政府規定（City Code），閣樓跟牆面的厚度不同，閣樓上的較厚，牆面裡的較薄，照著City Code 做隔熱效果最好，隔離效果好戶內戶外溫差好幾度冬暖夏涼。隔熱綿外面是一大塊一大塊的dry wall 合成堅硬的木質乾牆，補土上漆及噴上喜歡的凹凸紋理，如此就是片漂亮完整的牆。工序繁瑣幾組工人分工完成，對一個英文都說得零零落落的我，整修房子又再次硬逼自己學會如何對工人講述我的想法及設計，所要運用的材質，

還得討論可行不可行，有部分的工程涉及擴建，得找建築師討論請其畫建築圖送到市政府申請許可，等到許可拿到可能已經等了一個月，施工期間市政府的工務課會派人檢查，檢查通過再進一步施工，一面外牆要經過四回檢查，很花時間，其他維修項目林林總總不勝細數，這是對我能力耐心的長期挑戰。修房子有苦有樂，苦的是勞心勞力，樂得是看它一步一步成型，有趣的是英文不好所鬧的笑話，比如說有一次我跟朋友說為甚麼我喜歡這房子，因為這房子主臥房有屬於自己的前後陽台，正確的說法是應該這樣：「I really like this house, because the master bedroom has its own front deck and back deck!」我一時講太快把deck 說成dick（屌），真是糗到爆，結果一屋子哈哈大笑，他們以為我是故意開玩笑這樣說，其實我並不是故意的！不過我忍不住跟著大笑。從此這些白人朋友認為我很有幽默感。另外有一次，準備把屋瓦全部換新（roofing），這個屋瓦公司的工頭問我：「What do you like to put for your roof?」妳打算用什麼樣的屋瓦呢？我想回答他：「I would like to put slate on my roof.」我想用板岩屋瓦，我把slate板岩講成slut蕩婦，糟糕又說錯了，電影看太多，好話不好學，髒話又學太快，又鬧了一個大笑話。慘的是聽我說Dick 跟Slut這兩人又是好朋友，我說的笑話可是出名了！

　　繼續努力，當整修進行到大門時，我想找一扇喜歡的適當的大門，我很重視大門，認為大門是一個房子的靈魂，是主人的品味，也是保護家庭的第一道防衛。當我遍尋附近區域的鑄鐵公司產品，就是找不到喜歡的，是我太挑剔了嗎？我找了一家鑄鐵工廠，直接跟老闆說：「你們的鑄鐵大門我都不喜歡，我們該怎麼辦呢？」老闆就說：「你都不喜歡難道你自己會設計嗎？」我就回答：「我想自己設計！如果不嘗試永遠不知道自己行不行！」這位老闆他答應我不需要加價的

合理價格，讓我自己設計，就這樣我開始設計自己住家的鑄鐵大門。我根據我畫的抽象畫Universal Dancers來設計，並且鑄鐵公司幫我鐳射切割，一扇我所期待的大門終於完成，我很喜歡，效果非常的好。

　　有了大門又得設計側門（Dancing Kids），有了側門又得自己設計法國門（Dancing in Paris）、游泳池設備美化門（Scent of Woman）、陽台鑄鐵欄杆（Dancing in the Sky）、半截鐵窗（Dancing Rabbits）（Dancing Mermaids）、樓梯扶手（Dancing Fish）、樓上看台安全護欄（Dancing Bubbles），一鼓作氣為了自己的房子，產生九樣實用價值兼藝術的鑄鐵設計，得到許多鄰居的駐足讚美，然後我將這九項設計合併申請七個美國設計專利（US Design Patent）。能申請專利是我從來沒想過的事，遠在美國，我居然實現了，我都可以辦到，相信很多人也行，專利在美國就是生意，很多人都願意去申請專利，雖然有相當的難度，但有機會不妨試試看。經過了快兩年，終於把房子整修完成了，我跟先生說：「We did it! We did it! We didn't get divorce!」（我們辦到了！我們辦到了！我們沒有離婚！）事實上，天哪！真是吵架吵了千百回呀！

遠親與近鄰
I Love My Dear Neighbors

遠親與近鄰
I Love My Dear Neighbors

　　「人不親土親」是中國人常說的一句話，意味著即使是不認識的人來自於同一塊土地，感覺上分外的親切，在彼此的眼裡也就像是親人或熟人一般，那是一種對土地的情感加諸於人身上的反射作用。身在國外，遇到來自於同一個國土或是同文同種的人，當然會感到特別的親切，除了這類型好朋友之外，互動最頻繁的就要算是鄰居了。

　　「遠親不如近鄰」更是老祖宗的名言，我親身體會非常深刻，在美國我居住了兩個地方，在這兩個地方我很幸運地都能遇到好鄰居，這兩家好鄰居都是美國白人，我的第一個居所的地區叫做Newbury Park， 鄰居是一家法裔美國人。父親的祖先來自法國，母親的祖先來自德國，有三個兒子，他們是一個虔誠的摩門教家庭，摩門教的教義非常嚴謹，所以這家庭不抽煙、不喝酒、不喝茶、不喝咖啡、不能有婚前性行為，孝順父母，友愛兄弟、不看暴力色情電影。母親很高180公分、父親193、小兒子193、二兒子186、大兒子最高200公分高，我身高167公分，跟他們站在一起，我就成了白雪公主旁邊的小矮人，雖然我的祖先來自荷蘭，據說是一位皮膚白晰美麗的荷蘭姑娘，但是混血結果，我仍然是小個子只有167公分，現在的超級女模特兒平均都要190公分高呢。當移民來的第一天見到他們時，我心裡想，美國人怎麼都這麼高啊？事實上證明，我後來遇到的美國人家族之中，他們是身形最高的。讓我大大鬆一口氣，因為在他們身邊再挺胸都沒有用，大大的矮一大截。有跟朋友討論過，其實美國人並不是都是高個子，然而高矮有很大懸殊的差異，據說美國東岸的人個子較高，美國西岸的人平均個子較矮，也不知道是不是就是這樣。平均起來還是蠻高的就是了。

　　我家鄰居對我非常照顧，不論什麼大大小小的事，只要我跑到他家按門鈴，他們總是很熱情的招呼，並幫我尋求解決之道，他們甚至對他們的朋友說，我形同他們的家人，讓我非常的感動，在他鄉異國有了一個精神力量的支撐，我先生提到這對鄰居Mike & Karen 總是對我說：「你哥哥！你姐姐！」我在他家是可以大剌剌地吃東西跟他們一起看電視聊天的。遇到挫折打擊也可以去跟他們哭訴，他們就會擁抱我、安慰我、並且幫助我，在美國就像是有了親人。他的小兒子，跟我非常親近，他有一些人生的小問題，也會經常來請教我，想聽我給他什麼樣的建議，他對我兒子非常好，我兒子就像是有了一個大哥哥。

　　後來我搬家了，因為好不容易終於買了一個自己擁有的房子，整修了兩年，搬過去以後，雖然只有三十分鐘的車程，我的老鄰居對我依依不捨，經常寫信告訴我，他們真希望我沒有搬家，所以我們還是經常保持著聯絡，我經常回去看他們，跟他們聊天，報告他們我現在過得怎麼樣。

　　現在又有了新的鄰居，是我左鄰的Joe跟他太太Ann。Joe是一個退休的機械工程師，以前在飛機公司上班，是一個手非常巧的人，自己修古董車、自己砍樹、自己整修房子，是一個很handy的人，一切事喜愛自己DIY，為人很親切，他告訴我他自己是過動兒，我跟他說：「我也是過動兒，我大哥說的。」我跟我的新鄰居一見如故，他也幫了我很多忙，我出國幫我收了幾個月的信，大大小小的雜事，只要我不懂的，我就到他家敲門，請他給我意見，每次他一開門看見是我，就滿臉笑容大聲地：「Hey！My favorite neighbor！」讓我總是感覺很溫暖，很受歡迎。我跟每個鄰居都打招呼交談，Joy告訴我，他跟鄰居之間是沒有互動的，即使已經做了二十多年的鄰居。喔！真是不可思議，對我而言這是不可能的。後

來發現，很多人都是這樣，鄰居與鄰居之間，絕大多數是冷漠的，只有我跟大家不一樣，我喜歡朋友，喜歡鄰居，我喜歡和善的去對待人，我喜歡對人發出善意的笑，這是遺傳自我的父母，所以我很容易認識朋友，相信這也是我的人格特質，今天在美國，才能很自然與幸運的認識這些質感很好的人與鄰居。並且好巧藉由Facebook有緣認識了一個我的遠房親戚Joanne，真是人生何處不相逢。

　　人與人的相遇相識甚至於錯身而過，一面之交，都是由緣分所組成，宇宙之廣闊人海之茫茫，認識一個人，見到一個人，跟一個人能談上話，哪怕只是短短的一句，是多麼的不容易，要有多少機緣所組成，能不珍惜嗎？家人、愛人、遠親、近鄰、甚至陌生人，都要珍惜，因為這些可都是幾輩子修來的緣份，無從知道的神秘的力量，安排著你我的緣起緣滅。

娃娃的故事
He and She Story

娃娃的故事
He and She Story

　　一個真實的愛情故事，一直想把它寫下來，因為感動。其實，在我們身邊一直有感人的故事上演，只要你用心體會，用力去與故事主人翁進行心靈交流，將一件平凡事用不平凡的態度去珍惜，小故事也能讓你有大感動。

　　故事的女主人現年八十歲，故事的男主角在十多年前去世了，這個故事始於中國北京。

　　兩位美國白人年輕男女相識於北京，男孩對女孩一見鍾情展開熱烈追求，女孩二十歲出頭初嚐情滋味，不到三個月男孩便提出結婚要求，女孩嚇壞了，認為自己還沒有準備好，口頭答應，其實內心惶恐不已，在不告而別的情況下，跑回美國。男孩傷心焦急地趕回美國，給了女孩一個非她不娶的愛情誓言，終於打動了女孩的芳心，沒多久結婚了。

　　兩人決定回到北京，他們初相識的愛情見証地度蜜月。兩人更是在北京謀得一職，工作了幾年，然後回到美國加州定居。

　　他們熱愛中華文化，回國時帶回大量的中華文物，刺繡、象牙雕塑、木器、陶瓷碗盤、甚至於麻將，其實他們根本不會打麻將，看也看不懂，只覺得麻將碰撞聲音相當悅耳，所以就喜歡上了這種中國玩具。這讓我這華人深深感到汗顏。自己對中華文物熱愛程度遠遠不及他們，反而醉心於西洋藝術。

好日子總是稍縱即逝。男主角在六十多歲時罹患癌症，他知道日子無多了，有一天他注視著哀淒妻子的眼睛，這位為他生下三個兒子，跟他一輩子相伴的女人，他輕輕的喚著她的名字說：「親愛的！我知道我的日子不多了，想到要離開你，我心如刀割，我幫你找出了一個嗜好，趁我還沒有那麼糟，我們就開始蒐集洋娃娃好了，在我死後有洋娃娃陪著你，你就把洋娃娃當成是我，好讓你在我去世之後不至過度悲傷，生活因而有了另外一個重心，你就不至於太孤單。孩子長大了，各自有家庭沒辦法經常陪伴著你，當你看著洋娃娃，心裡想著我時，我就是那洋娃娃，我沒有離開你！」說完夫妻緊緊擁抱訣別似的痛哭。

他們便一起去買各式各樣的娃娃，古今中外以及現代的，甚至價值不菲的古董中國滿清時代的娃娃，令人嘆為觀止，一直買洋娃娃買到男主人離開人間。親友們知道他們的娃娃故事，便經常送女主人娃娃，一整個室內都是娃娃，讓人讚嘆大開眼界，恐怕連娃娃專賣店都不能相提並論。

有一回我將一幅潑墨畫似的刺繡蘇州河景送給這位娃娃故事的女主人，她喜愛高興極了，堅持要請我吃飯。我姐姐剛好從台灣來訪，送給我一件有荷花圖案的白色棉襖，我們將它轉送給她。並且將它穿在她身上，她高興的把我抱住，在我臉頰親了一下，她說，她感覺自己像個公主一樣。

第一次到她家，看到整屋子的娃娃，心裡感覺怪怪的，甚至覺得有點陰森恐怖，然而等她講完她的故事後，我非常的感動，當場眼淚

掉了下來，又不敢讓她看見，惹的她老人家難過，於是我偷偷拭去眼淚，咬緊牙關不哭出來，輕聲細語呵護她出門用餐。

當時她告訴我，她唯一的心願就是帶一個娃娃重遊北京，重遊他們相識相戀的地方，她八十歲了，害怕此生這個心願是達不成了。

我將這個美麗的愛情故事告訴你，覺得這是我的責任，同時也要讓你知道，在一年之後她帶著她先生的愛離開了人世。

多年後的今天，每當看到商店櫥窗裏各式各樣美麗可愛的娃娃，這個故事依然感動著我，我深深的想念著她，並且祈禱在另一度空間她真的重返他的懷抱。

我的美國藝術時間
My Art Journey in America

我的美國藝術時間
My Art Journey in America

　　在台灣常常聽到人說：「我沒有美國時間！」大概的意思就是，我很忙我沒有那種閒功夫。

　　Bureau of Labor Statistics（勞工局統計處）發布了一份關於American Time-Use（美國時間運用）的報告。訪談了21,000名15歲以上的人之後，他們發現，最辛苦的美國人是25至54歲的夫妻。除了照顧家庭，他們週一到週五每天平均花八個小時在工作上。在世界上最有競爭力的國家裡，生活最辛苦的一群也不過就是如此而已！的確，美國人的生活步調很慢，非常重視休閒娛樂，很少聽到美國人有加班的，除非是在紐約和洛杉磯等等的大都會區，郊區到了晚上八點以後一片安靜，路上沒幾個人在行走，剛到美國的時候，非常不習慣，心想人呢？人都到哪去了？美國郊區不像台北的夜生活，台北是個不夜城，到美國像被夜生活所拋棄，一種很不可思議的感覺。如果說台灣人就像是蜜蜂一樣的勤奮忙碌，那麼美國人感覺上就像是翩翩飛舞的蝴蝶。九年前剛從台灣證券公司的職場退下來就到美國來，證券業盤中分秒必爭，我是一個不喜歡浪費時間的人，做事處處講求效率，這是在證券業養成的職業習慣，久了就成為一種生活態度。一旦到了美國，就會有一種空洞的失落感，多出來這麼多的時間，該如何打發，該怎麼計劃，立刻成為生命對我的考驗與試煉。常常自問，我是打算從此埋沒，當個完全為家庭犧牲奉獻專職的家庭主婦，還是發奮圖強，在陌生的天地裡，除了照顧好兒子，另外再創造自己的一片天地。我 - 毫不遲疑地選擇了後者。

　　首先，我把學習時間劃分為白天晚上，每天早上送兒子上學以後，到語文學校學習英文，查英文生字背誦單字，寫了許多的英文字

卡，隨時可以拿出來背誦，先把自己以前的英文程度歸零，從最簡單的開始學習，沒有驕傲沒有自尊完全是虛心，放下身段努力學習，我心想唯有謙卑才能得到最大的進步；晚上我就開始用中文在奇摩部落格上寫文章，寫下對事物的看法，寫下我在美國生活的狀況，在寫文章的同時，我每篇文章用滑鼠畫的插畫配圖，一篇文章一個圖，慢慢慢慢累積了一百六十八篇文章，為了畫一張圖，用滑鼠在電腦上慢慢滑動，非常不容易，花了很多的時間，經常一花就是好幾個小時，有時電腦當機，圖消失不見，就得重新來過，我把它當作是練心，讓我原本急躁的心沈靜下來。華人喜歡用打坐來練心，而我是用畫畫，有異曲同工之妙。

在電腦上用滑鼠畫畫，久而久之就繪畫畫出了興趣，想在畫布上嘗試，我選擇了壓克力顏料，壓克力顏料乾的最快，很適合我，雖然我進步了，畢竟耐心還是很有限，本想去學畫，後來我知道我想要的沒有老師可以教我，因為我的主觀意識太強了，我知道我想要甚麼，我可以自己創造出我想要的東西，我最崇拜的畫家就是米羅，我的畫風跟米羅很類似，在我心裡，米羅就是我的精神導師，就這樣，我開始畫壓克力抽象畫。我喜歡無中生有，將腦海裡頭的想象具像化，在我的心裡那是一種精神力量的交換，一種精神力量的傳播，傳播給每一個看我的畫的人，藝術可貴之處，就是產生心靈共振，不見得要懂畫，只要看畫時有感覺甚至感動，對看畫的人而言，那就是不可多得的好畫。以上是我個人的粗淺見解，沒有成見沒有對錯，我秉持著這種想法，開始作畫，有靈感才能動筆，沒有靈感絕不動手作畫，沒有靈感畫出來的畫，是沒有靈魂的。我的房子，家徒四壁，牆上僅有我的幾幅畫，凡初次到我家的訪客，我便一幅一幅解說給訪客聽，觀其畫，知其人，我的性格十之八九已溶入畫裡。

　　我非常喜歡藝術，最喜歡看畫展，所以我參加了當地的藝術協會 Westlake Valley Art Guild成為會員，我畫的第一幅抽象畫，取名為「宇宙舞者 Universal Dancers」獲得該會青睞，得以參加畫展，從此成為一名藝術家，剛開始被稱為藝術家時，是很心虛的，因為那個時候自己也不過只是畫了一幅畫，然後經過了數年的累積，陸續又畫了好些畫，不斷地得到朋友及藝術家的肯定，對自己的信心也建立了起來，現在被稱為藝術家，已經覺得自己當之無愧。

　　我對藝術的興趣是多方面的，舉凡畫畫、電腦繪畫藝術設計、攝影、寫現代詩、寫散文，舞蹈編導與教學、舞台設計、舞台燈光設計，累積了八年的能量，所寫文章上過雜誌、所作的詩上過北美世界日報新聞網、所教的舞上到大舞台華人新春晚會開幕舞閉幕舞，我將創作整理申請美國版權，就是所謂的copyright，繪畫、電腦繪圖、攝影總計是101項，因為想念台北，想到台北的101大樓，所以就將版權取名為「Amanda 101 Fantasy」阿曼達101幻象。以下會有我的畫及詩、還有攝影，每個作品都有我個人的想法與情感，這就是我父親從小說我的「多愁善感」，對萬事萬物皆有情吧！

奔放的活力
Ole'

奔放的活力
Ole'

　　看著電腦右下角所顯示的時間凌晨三點整，將一瓶三個月前準備好的紅酒打開，自己慶祝今晚康谷華協新春晚會2009年閉幕舞順利演出。一杯紅酒萬籟俱靜，又是一個從喧鬧把自己丟進無聲的夜。然而，今夜我的心是飽滿的，就像是一隻吃的飽飽的熊貓，心滿意足拍拍圓滾滾可愛的肚皮，那圓滾滾的肚子，是那一群今夜與我共舞的四十二位可愛的學生，在無心插柳的情況下，被舉薦負責康谷華人協會閉幕舞的編導，我這般的閑雲野鶴的性格，被無端的捆上綑仙索失去了一貫的自由，雖然有一點勉強，但是不忍拒絕，心想這可是千橡市華人的年度盛會，肩膀上的擔子忽然重了幾倍。

　　因為考慮到閉幕舞是晚會的最後一個節目，觀眾看完十幾個節目後，想一下必已經開始感到疲勞，所以選舞蹈音樂時特別選了一首奔騰熱烈節奏明快的西班牙歌曲「鬥牛士」，舞者得表現出鬥牛士的威武豪氣不懼挑戰的勇士氣概。

　　第一次舞蹈練習，面對四十二個高中學生，我要同學們坐在地板上大聲的說出自己的名字，讓彼此認識增進情感，望著這一群大部分只會講英文的孩子，有點傷腦筋，我到底是要用英文還是中文來教他們跳舞，後來我決定用中文，第一個原因，中文是我的母語我講的比較順口，我教起舞來更順手。第二個原因是我希望他們能夠多練習中文。然後，為了給學生一個下馬威，讓他們服氣我的舞技，我當場示範了一段給他們看，相信大家都知道高中生很不容易服人，結果他們鼓掌叫好，算是對我服氣，想必再來的教舞的路會更順遂，畢竟是

我在美國教舞的第一回，我在試試水溫，也好讓自己看看適不適合教舞，評估自己有沒有能力，結果我很喜歡這群可愛的學生，同時因為我選的舞曲旋律很快，我鼓勵他們，要他們別擔心，雖然這是旋律很快的舞蹈，但只要他們認真學習，一定會做好。突然想起剛當選美國總統歐巴馬競選口頭禪：「Can we? Yes we can!」遂引領學生，當我大聲問：「Can we?」他們必須大聲回答：「Yes we can!」就這樣在大叫一聲：「Yes we can!」的回應中開始第一次的練習，第一次上課後，我足足躺了兩天，才回復原氣，後來一次又一次地上課教舞，增強了我的體能，也算是收穫之一。雖然我無法正確地叫出四十二位同學的名字，但是我卻都注意到他們的學習情緒及學習狀況，無數個深夜，我帶著無線電耳機聽著音樂不斷在我的教務日誌上用2B鉛筆畫隊形，讓表演學生盡量展現自己的舞技。

表情訓練也是重點之一，一支舞蹈表現的好不好，舞者表情相當重要，我要學生在剛出場的時候裝酷，之後的表情要求盡量微笑，我發現要青少年少女裝酷很容易，因為他們本來就很酷，要求他們笑著跳舞，難度確實很高。前面說過我的喉嚨喊得受不了，所以上課時我手上戴著一副西班牙佛朗明哥舞的黑色響板，彈打巨大聲音打拍子，並且壓制學生聊天的聲音維持秩序，這反倒是引起他們的好奇，還有幾個男孩要求看一看打一打發出聲音，學生一臉高興的樣子，畢竟高中生還是小孩兒，我把四十二個學生當成是自己的孩子一般去愛。

在服裝方面，我們設計了一套西班牙的鬥牛士服裝，為了挑選布料及飾品，我們來來回回開車到LA好幾回，最後以最低成本，完成了一套亮麗帥氣的舞蹈服裝。

　　時間越來越接近表演的日期，大家精神也就越來越緊繃，要忙的事情也就越加迫在眉睫。所有部門都是緊繃著的，舞台設計、燈光設計、美工設計、幻燈片製作、節目單的製作、再來就是與燈光師溝通細節，每一個人有每一個人的分工，這時分工合作就格外重要，關係著一個舞蹈表演的成敗。

　　第一次到表演現場綵排，學生頭一次上台位置抓不準，居然跳到一半全擠到一側舞台，實在是喜感十足爆笑非常，糾正了學生如何在台上定位，心裡也就篤定了許多。我設計了一個牛頭的投影在布幕上，這個設計非常成功，我很滿意，並且要學生注意臉上必須記得帶著微笑把精神活力舞技給跳了出來，兒子負責舞台布幕後的打燈光任務，也就是得聽準音樂在正確的時間點，將我設計的圖案用投影機打在布幕上做成一個旋轉的圖像效果，我想起兒子開場前問我，快要表演了，緊不緊張？回答他：「從我五歲第一次獨自登台獨唱獨舞，我就不知道什麼叫做緊張！」

　　最後一個節目要上場了，也就是我們的閉幕舞。相信此刻孩子們的腎上腺素，隨著布幕的升高迅速分泌。Show time！重低音喇叭爆出了震撼的第一聲，看著我親愛的四十二個孩子們，自信滿滿的擺出又酷又帥的姿勢，我就知道他們一定能掠奪人心。站在舞台邊，我心隨著孩子們一起激烈跳動，他們舞出了最棒的一次獻給了現場來賓。隨後，我加入學生們謝幕的陣容，我表演了一小段獨舞，然後跟孩子做一個大結束的動作，現場來賓熱情打拍子配合，大有人生至此夫復何求的淋漓痛快！

　　就在一個女學生以及我兒子獻花給我的同時，淺粉紅色數以千計

的花瓣，悠悠晃晃地從舞台上面飄下，美的像是在做夢，原本站在舞台上接受獻花的工作人員們漸漸散去，啊～落幕了！又要結束一場人生盛會，臨去秋波，不由自主地再回望一眼，悄然躺在舞台上一大片美麗然而失去生命力的花瓣。突然間，兩聲清脆的輕笑，把我的視線帶到兩個我的女學生，她們正興高采烈地抓起地上的花瓣，同時用力往天上拋出，為失去生命的花瓣，再次注入靈魂。她們倆人滿臉笑容仰著頭看著拋上天空的花瓣，又活過來幽幽晃晃的又美了一回。我嘴角不禁往上揚了揚，聽到自己說：「奔放的活力～Olé！」

大鑼大鼓大天大地
Culture Parade

大鑼大鼓大天大地
Culture Parade

　　站在舞台旁的布幕後，安靜的只有聽到自己的呼吸，情緒是激動的，一切盡在不言中，只靠銳利的眼神示意溝通，台下的觀眾不約而同殷切的目光，集中於台前布幕，猶恐眨眼錯過開幕的瞬間⋯黑色巨型布幕慎重其事緩緩的上升，燈光師如預期般投射在舞台左上角的一道紅光，音樂應光響起，站在舞台上待命的六個舞者彈跳起舞，像是剛換上新電池般，舞台上的舞者越來越多越來越多。

　　觀眾熱切的目光忙著搜尋並緊隨著自己登台表演的孩子，而我看著舞台上三十九位可愛的學生，此刻突然聯想到西遊記裡的齊天大聖孫悟空，右手拿著金箍棒，左手拔下根頭髮調皮的吹一口氣，幻化出三十九個大大小小不同的我。

　　緣起，是一個初秋的午後，一段停車場短暫懇切的交談，停頓一秒的深思，一個點頭如鴻毛般輕輕的允諾。從此，注定我往後幾個月的勞動奔忙。

　　康谷中華文化協會Conejo Chinese Cultural Association （CCCA）會長委請我幫忙為2011年新春晚會編導開幕舞的重任，從我答應的那一刻起，猶如唸了一道緊箍咒，就算生如孫悟空，也得暫且收起筋斗雲，喚醒我心中的如來佛，靜下心來運籌帷幄。可喜的是兩天內我找到了五段不同的音樂，組成一支八種角色扮演的舞曲，達到了我想像中可愛逗趣及震撼的效果。

　　音樂解決了，我再次跟會長確認如果要做到我所計劃的效果，這支舞蹈將會很熱鬧，但是服裝道具會很複雜，想清楚，真的要如此龐大的製

作嗎？他說，要做就盡力而為做好，我深表贊同，從此啟動了一個不容回頭只許成功的機制。

編舞的靈感，就像飛舞在夜空的螢火蟲，必須將之一一捕捉馴服，加以整編，讓他們再度飛起來，飛出整齊並有變化的隊伍，最難的部分，是第一個動作如何起飛，當第一聲音樂響起時你想給觀眾一個什麼樣的感受？如何以絕美之姿，一躍而起舞動生命。就像拍電影的第一個鏡頭，往往最令導演苦思，然而一個靈光乍現，有了一個感覺很對的開始，一切過程就會產生齒輪效益，緊緊相扣運轉順勢而成，雖然不敢奢望帶給人們橫空出世的經驗，但也暗自期許在古典情懷韻味濃遠的樂曲中，老樹開新花，勾勒出不與世俗。將這迎新年的舞蹈，當作新嫁娘準備在2011年新春晚會當晚出嫁給現場觀眾。

此舞我選用跨度較大的呈現，年齡從國小一年級到十二年級也就是高中生都囊括，開始招兵買馬，準備打這場硬仗，為何說是硬仗？如果你教過舞蹈，你便會了解，「教舞如帶兵」，尤其是沒有舞蹈基礎的孩子，就像是沒碰過武器的士兵，得先將舞蹈動作像軍事演練一般教導學生，然後才能加入其他舞蹈元素，例如眼神、表情、肢體柔軟度…等等。效率是第一個時間緊迫上的要求，三十九個人的舞蹈團體，分成三組，一組一小時，連續三小時的教舞，往往讓我聲嘶力竭，總共有為期十二次的練習。誰說加州不容易出汗，星期六教舞時期加州千橡市的汗水一半以上出在我一個人身上。不過，每當我大汗淋漓，我可愛的小學一年級跳小金魚的女學生，幫我搧風，頓時心胸舒暢倦意全消。

舞蹈有了，服裝道具是一個大製作，我把設計圖設計好之後開了幾次會議，集思廣益之下開始運作。服裝更是從中國大陸友人義務幫忙溝通協調製作並且以海運託運回美國，服裝往往在眾人殷切期盼中如及時

雨般如期到達。當服裝到達舞蹈教室那天，人人情緒雀躍高漲，我高興的噙著淚水幫學生把製作精美的舞蹈服裝穿上。

在道具方面不管在設計上執行上義工都是功不可沒，我們每一個人都是義工，經常看到義工不辭辛勞做著服裝道具，經常讓我很感動，至於我自己，因為針線活笨拙至極，勉強幫忙縫縫補補就把自己的手指戳了不下十次，手指都快像是淋浴的蓮蓬頭了，深夜獨自趕工嘗試設計縫製小金魚、蚌殼的帽子，手指頭被針一戳再戳，疲乏至極，這個時候我總是鼓勵自己，想一想康谷華人協會CCCA今天能夠在這麼大的舞台表演，是經過多少前輩的努力，無私的奉獻，出錢出力無怨無悔，可謂前人種樹多有辛勞，後人乘涼理當緬懷感念。我這後到之人僅於大樹下謙卑的乘涼，並細細品味前人的努力，但願魯鈍似我，能夠不辱前人所造就之聲名。

音樂響起，布幕升，舞吧，我親愛的學生。嬌俏可人手拿著紅蒲扇的小女孩，活潑可愛的蚌殼小魚，逗趣的老背少，確立生命標竿的棋手，雖千萬人吾往矣的神秘勇猛戰士官將首，象徵社會使命的神轎，眾人期待事業發達，方能安居無憂的財神，盡情舞吧！將台灣傳統文化廟會遊行之美，穿上中國大陸製作精美的服裝，在美國的大鑼大鼓音樂聲中舞出一片大天大地。

紅色傳奇
Legend of the Red

紅色傳奇
Legend of the Red

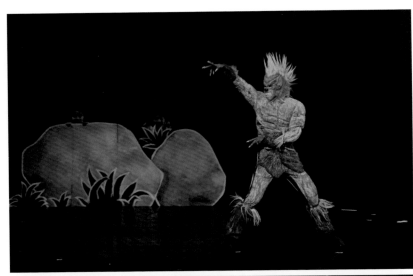

紅色傳奇
Legend of the Red

坐穩了，我要帶你穿越時空⋯⋯

回到了古代中國，那是一個濛濛冷冷的冬季，一群人外出踏青，有幾對夫妻、數個青年男女、以及活潑可愛玩著博浪鼓的小孩們，在歡騰氣氛中卻內心暗藏著膽顫心驚的隱憂。空氣之中遠方彷彿傳來幾聲「年」這傷害人畜猛獸的喘息呼號！小孩們嚇的躲避到父母身邊，其中一個小朋友驚嚇之餘掉落手中的博浪鼓。一個青年自告奮勇的前往探看，只見他驚嚇得轉身大叫一聲：「年獸！」

幾聲震撼大地的怒吼聲中，出現一隻年獸，身型高大、威猛，一身咖啡鍍金毛髮（肢體靈活的躍起，張牙舞爪中展現出驚人的美感）。揚威似的四處迴轉尋覓獵捕。村民眼見（年獸此時以肢體動作展現修長的線條及懾人的美感）。兇狠的獸漸漸逼近。躲在巨石後的人們此時手無寸鐵驚慌不已。眼前年獸逼近，父親擔起遇難的風險，衝出巨石故意暴露行跡，企圖誘開年獸保護妻小，兒子看到掉落在不遠處心愛的博浪鼓，快步跑去拾，年獸尾隨男子後突返身追趕小孩，母親衝出一見情景哀號無力地跪倒在地！

天地一陣昏暗，愁雲慘霧壟罩全村。在霧氣濛濛中婦女們仰天哀號、傷悲痛楚、氣憤激動，卻也束手無策，只得向上蒼乞憐求助！求助祈禱聲中出現一位神仙駕雲而至，仙人贈一紅袍，指點迷津，說道：「年獸害怕紅色及巨大的聲響！」婦女含淚跪地感謝神恩接下所贈大紅袍。遠處的天空祥雲朵朵變幻莫測，彷彿要發生什麼大事。左右兩個朱漆色大門片道具，在絳紅色雲朵的掩飾下緩緩的合併成一個

古代的大宅門。嘎然一響，大門開了！四個壯漢手持火把快速走入黑暗，照亮了廣場，婦女兒童手持巨大的衝天炮來到廣場，一群壯漢殿後保護著。男人們個個披上了英氣逼人的紅披肩，戰士般的向婦女小孩宣誓並展現出與年獸決一生死的決心。戰士們忙著叮嚀如何施放火炮後，緊接著護送妻小進入大門，同時囑咐必將大門緊閉。生死存亡的關鍵時刻到了，夥伴們！讓我們互相致敬道別吧。然後，再向以自身做餌，誘出年獸，全村跑最快的瘦小伙伴致敬。跑啊！小將士！果然年獸尾隨而至。展開年獸害怕的大紅披肩隨風招展，再放震耳欲聾的衝天炮，加上決一死戰的信念，將猛獸團團圍住！年獸在驚恐之下終於敗逃。勝利了！頭戴紅帽的孩子，髮鬢夾戴紅花的婦女與身披紅披肩的壯士歡呼慶祝！在小孩高興的玩博浪鼓聲中結束。

　　以上，是我築起的一個夢。我為年獸設計造型、治裝。親手一針一線縫製毛髮，為服裝上色的同時，在腦海中，一支舞形成了。再加以現代舞及電影交響樂壯闊的配樂方式，結合舞台布幕投影類似3D雷射效果的影片，融合西方科技與東方美學，將中國傳統故事以東方前衛方式，獻給知道古中國過年穿紅衣由來傳說的華人與在美國出生的新世代，同時，讓此地的美國人士也有機會欣賞、了解傳統中華文化。希望經由此文化交流，為華人融入美國主流社會出點棉薄之力。此舞命名為類似電影片名的「紅色傳奇」，藉以加強舞蹈的整體戲劇性與表演的現場張力。

　　終於，當幕漸漸升起，我的心緒也往上提。音樂一響起，學生跳出第一個整齊的舞步，臉上的表情有一種專注的美。站在舞台旁摒氣凝神的我告訴自己：「好戲上場！」情緒是激動的，眼淚是忍住的，我

的好學生，牢記了老師數不清嘮嘮叨叨的叮嚀，並加入了豐沛的情感灌注於自己的表情及肢體上，忘掉自己是在表演。每個人演的是千百年前的自己，住在老師為他們建立的理想國裡，相親相愛，只為一個共同目標，抵抗外侮。

　　幕落下了，千百個掌聲響起。表演一結束，匆匆趕往休息室，在半途遇到Janet，一位學生家長，此次亦上台扮演驅逐年獸的男村民，對我說，當她在台上時，一邊跳一邊感動到快要哭出來。她說著便哭了出來，我激動地抱著她一起哭並一同走回休息室。一開門，迎面而來的是跳年獸角色的Albert，紅著眼眶，臉上滿是淚水，哽咽對我說：「謝謝老師！ You don't know how much this means to me! 」說著又哭了出來。心疼激動著與他相擁啜泣，無法言語，淚，變成了師生的心靈交流。值得了！再多的辛勞都值得。學生們的眼淚，是對我舞蹈生涯的肯定，生命的徽章，學生亦親自為我掛上了。遠古是一個沒人見識過的美麗想像與傳奇。我清楚地做了個名為「紅色傳奇」的白日夢。在築夢編舞的過程中，我一次次激動的掉淚，在自己想像的故事中，感動了自己。學生在情節中舞動，忘情的融入夢境，展現歡樂、驚慌、絕望、祈禱、振作、決心、勝利。短短的六分三十秒中，猶如走進千百年前的古中國。我喜歡做夢，喜歡說夢，喜歡分享夢。你呢？

雨娃雨蛙
Rainy Day Stories

雨娃雨蛙
Rainy Day Stories

　　屋頂上的戰鼓，已經敲擊了一個下午。晚上仍然沒有絲毫暫時歇息的姿態，是天神忘記關水龍頭嗎？原來乾燥的加州，冬雨又正式展開！山巔最靠近太陽的巨型山石背部，被炎熱夏天的太陽烤的一層層脫皮風化，陪在山石旁的老松，恐怕是陪著巨石超過一甲子了吧，灰頭土臉彎腰駝背更顯滄桑。小山丘上乾枯焦黃的草原，即將見底看似絕望的小池塘，天天被汽車蹂躪乾裂的馬路，隨時待命準備出發的消防救火隊員，全部因為這場及時雨，似乎通通暫時鬆了一口氣。

　　雨，是生命的活泉，就如同愛是生命的動力。人類對雨是又愛又恨。懼之不來，又恨其不去。不來集成乾旱，久久不去又成災。如同愛情與親情，太多太氾濫是溺愛，太少又顯得絕情，真的很難拿捏。不過，雨總結起來還是變化多端的，人們總喜愛將雨水與浪漫的情緒元素相結合，浪漫的雨就變成了情與愛、陶醉與心碎的標記。

　　記憶中，第一次對於產生深刻的印象，是小學一年級。那時任公職的父親，還有一份私人的事業，來養活一大家子，父親擁有一個農場。在農場入口前有一條小溪，溪流上有一條父親令工人以水泥砌成的道路。然而一旦山上下雨，水位升高，高過於道路表面，就得流籠渡溪。很多人不知道什麼是流籠，流籠在我幼小的眼裡，就像是一個魔術師表演魔術的鐵籠，有將近半人高沒有封頂，對年幼的我而言，就是當時我身高的高度，有兩個很大的鐵架裝置於小溪兩邊，大約兩公尺的高台上，兩個鐵架中間有2根很粗的鐵纜以及電纜，將現代化的

纜車在心裡簡化十倍，應該就不難想像了。山區上面有沒有下雨，得靠經驗判斷，父親叫我們看，他說：「若遠方山上天空漆黑，再加上快速溪水暴漲，溪水變的混濁，就得搭上流籠渡溪，千萬不能冒險，因為可能渡溪渡到一半，就會被湍急的溪水沖走，非常危險。我小時候好喜歡被爸爸抱上流籠，爸爸是我心目中的大英雄，他在保護我，加上有一種逃難的刺激，這時媽媽會在遠處的彼端等我們，我跟哥哥一起站在流籠裡，一路看著腳下慢慢暴漲的溪水，腎上腺素加速分泌，高興的不得了，一路滑向彼端媽媽的懷抱，那是一種因為雨而得到空中滑行四十公尺的快樂與幸福的感覺。一下流籠我高興的蹦蹦跳跳，像是一隻大雨中興高彩烈的小青蛙！

還有一次是騎單車被雨追趕。國小五年級時喜歡到書局看書，在一個周末的下午，跟鄰居一起去逛書局，回程時感覺就要下大雨了，因為有一大片烏雲急速尾隨，我們兩個小女生騎著單車像是被追殺似的騎得飛快。一邊騎，兩個小女生一邊尖叫又大笑，終究還是被大雨追上淋了一身濕，那可是個艷陽天啊！好大的太陽，我們卻淋的透濕，彷彿老天故意作弄我們，跟我們玩了一場小遊戲般。我把情況告訴媽媽，媽媽告訴我：「那種雨叫『太陽雨』俗稱『三八雨』！」

在青澀的歲月裡，雨，加入了天馬行空的想像。在這想像裡，已經將東海龍王掌管下雨的傳說置之腦後，由於電視電影裡情節的洗腦，就一直認定，小雨中的漫步最脫俗；暴雨中的離別最心碎；雨傘下戀人的世界最甜美；在溫暖的屋子裡聽雨最幸福！

長大以後的雨，就變得比較不親切了。怕被淋濕了感冒，怕弄髒

了剛買的新鞋，怕弄花了臉上畫的美美的妝，怕被雨淋濕塌了費功夫吹整的蓬鬆鬈曲的波浪長髮。有太多理性思維以及愛美產生的小心翼翼。然而，除此之外，因為閱讀越來越廣，開始懂得欣賞雨的美感。同時，由詩詞中可以與杜甫、韓愈、蘇軾、秦觀、李商隱、歐陽修、陸游……眾多古聖先賢，透過他們流傳千古的文字，化成我穿越時空的眼，一同神遊觀千百年前的雨景。這個穿越時空的我，感覺淒美孤單又寂寞，有點像獨自站在毛毛雨中。

如今，應該是我人生的成熟期，江湖傳說：「如果你開始回憶你的一生，那就表示你已經老了！」可是，我是從小一邊成長一邊回憶長大的，相較同年齡的人而言，我該是很老很老的老前輩了。剛才出門，有一滴大雨滴，由屋簷滴下來～正巧打在我的鼻尖上。似曾相識的感覺，彷彿是由童年舊居的屋簷滴下來～正好打在我後腦勺的那一滴，一模一樣，噠！的一聲。

我是愛馬仕
Horse Lover

我是愛馬仕
Horse Lover

騎馬　　一隻毛絨絨的龐然大物躺在後院水泥地上，舒服地睡著覺還微微發出鼾聲，我低頭看著自己的小腳，一跨，一屁股坐落下來！牠回過頭來，伸出長長濕濕的舌頭舔了舔我的臉，我不悅地將臉上的口水抹去，用手拍了拍達利的脖子，外婆寵愛的秋田犬達利站了起來。瞬間，我便被馱了起來成了騎士。我的第一匹「馬」是隻狗！多年後向母親求證得知當時我三歲。還清晰記得曾多次騎狗驚嚇外婆養的雞、小臉盆裡養的待宰吳郭魚，踐踏外婆細心呵護的青菜，可謂功業彪炳。

夢馬　　國中時的夢境歷歷在目：身著厚冬衣的我，騎在一匹脖子細細，腿如駝鳥般消瘦的黑色排骨馬上飛奔，一直很擔心它是否載得動我，手中揮舞著既長且細的軟鞭，啪！啪！抽得地面黃土發出巨響，頭頂上烏雲密布，雷電交加。這個末日般的夢，不定時的穿梭於我的腦波，帶給我一次次的震撼驚嚇。有一次，決心到書局尋求解答。隨意拿起一本解夢書，尋到騎馬夢解那一章節，書上寫道：「少女夢見騎馬，十之八九為思春。」嚇得我手上的書差點掉下！趕緊騎單車回家，心情像是被追殺似的忐忑，真是不解，為何如此駭人嚇出一身冷汗的惡夢，書上竟說是少女懷春？！

戰馬　　華夏之邦，八駿九逸，八匹駿馬，九方樂土，神州是也。多麼神彩飛揚寬天闊地的描繪。皆因八駿之故，土地也就更加鮮活。相傳周穆王有八匹駿馬，乘之以周行天下。五代晉時的史道碩畫有

《八駿圖》。許多畫家有同題畫，徐悲鴻的八駿圖在現代畫壇更是聲名遠播。那八匹馬的品種有：蒙古馬、哈薩克馬、河曲馬、雲南馬、三河馬、伊俐馬、千里馬、汗血馬。八駿馬的名稱更是具想像空間：一名絕地，足不踐土，腳不落地，可以騰空而飛；一名翻羽，可以跑得比飛鳥還快；一名奔菁，夜行萬里；一名超影，可以追著太陽飛奔；一名逾輝，馬毛的色彩燦爛無比，光芒四射；一名超光，一個馬身十個影子；一名騰霧，駕著雲霧而飛奔；一名挾翼，身上若長有翅膀，像大鵬一樣展翅翱翔，九萬里跑馬。光看馬名就彷彿看了場3D 電影。再者，項羽的烏騅馬在項羽自刎於烏江邊時跳船投烏江而亡；關羽的赤兔馬在關羽身亡後絕食殉主；劉備的的蘆馬搏命奮力渡江助劉備脫險，合稱「三大名馬」我看了一部美國片名「WAR HORSE」的電影，更有感古今中外人馬情結憾人腑臟。戰馬在歷史的見證下，始終扮演著忠僕的角色，人馬之間可以情深如此，即使鐵漢也顯柔情。

愛馬　馬背看英雄，月下見美人，是一種很美的意境。一個人，只要一坐上馬背就顯得英姿煥發雄心勃勃！在這個同時，要有一顆善待馬匹的心。在馭馬飛奔之前，有許多功課要做，不管是請教專家或在YouTube 自學都是個途徑，多看多吸收知識，學習與馬相處溝通

的聲音與肢體語言，都是對自身安全的保障。自從前些日子與友人組成一支馬隊，自稱馬幫！

在友人的組織下，騎了好幾回，我與一匹名叫COCO 的馬最投緣。牠的毛色是黑的，有著一彎像是包公額頭上的弦月印記，若要幫它取個中文名字，我肯定喚它：「月牙」。父親告訴我，我們是古代牧馬民族鮮卑的後裔，我的體內流竄著鮮卑族的血液，難怪我從小愛馬！從小時候的狗背換上馬背，每當與馬幫隊友縱馬奔馳之際，我經常感覺有一種時空交錯的迷茫與激動，彷彿回到千百年前的馬背上，我不禁想問：「COCO，千百年前你可是名喚月牙？咱們是異地初見，還是千百年後的重逢？」自從來到美國，一個家在台北，一個家在千橡，有時內心有短暫的失落與交戰。然而，在馬背上那一股燙貼的內心平和與歸屬，感覺自己的身體，終於回到了家！

我眼裡的賽馬
Horse Racing

我眼裡的賽馬
Horse Racing

賽馬也就是賭馬，在美國是一項正當的休閒娛樂，有一個賽馬場「Santa Anita Park」離我家開車一個多小時車程，我居住美國快要九年，回想八年前剛到美國到過這個賽馬場一次，因為剛好沒有比賽，場地空蕩蕩，實在沒辦法想像賽馬熱烈的景象，所以最近特別找了一天去看賽馬。這一天剛好是聖誕節隔天，一個大型的賽馬活動，熱鬧平凡，有許多電視媒體現場攝影報導盛況，大有嘉年華的氣勢。

賭馬！聽起來好像豪氣干雲氣概萬千，事實上賭金最小值是二元美金而沒有設上限，試著想像一下二元美金就可以賭馬，門檻如此低，當然就很容易引起社會大眾熱情參與。

賭場入門票最低是五元，成年人小朋友都可以進入，但是未滿十八歲者不能賭馬，只能看比賽，或者到賽馬場的小朋友遊戲場遊玩。

我與朋友攀談的發現，即使住在美國已經有二十或三十年的華人，很多人都沒有去過賽馬場，我覺得很多人對賭馬有一種純賭博的迷思，所以就沒興趣參觀或投入，我最先也有同樣的迷思而且也不愛賭博，以前陪媽媽打牌總是刻意放水不胡媽媽的牌，久而久之我也就失去了贏錢的高昂鬥志。不過，我好奇的心，更重要的是愛馬之情，還是把我帶到賽馬場，想要好好的觀賞所謂的美金百萬名駒的風華駿偉。

賭馬場劃分成三個區域，第一個區域是賞馬區，在每場比賽前身形矮小的騎師會先坐在馬上，騎馬繞場兩圈，這個場地大概是有兩百公尺的操場大小，然後他們就離開往賽馬場走去，準備比賽。人們選

了心目中的冠軍馬匹之後，就依馬身上的號碼，前往第二區，購買賽馬彩卷。賽馬彩票一張最少二塊美金，可以賭跑冠軍的馬（Win），跑進前二名（Place），或者是比賽的前三名（Show），當然賭買冠軍的馬這種彩票賠率較高，獎金分配是以買的人數跟賭金來作為加權分配計劃賠率，很複雜，反正我第一次去，也只能夠跟著群眾一起湊熱鬧，看著百萬名駒買著賭馬彩票，現場的氣氛是火熱的，我醉心的是馬，我買馬票也只是娘娘腔小氣的十塊二十塊美金買著，那是一種期望勝利的樂趣，而不可能發財致富。

買完馬票然後就到賽馬場，等待比賽，群眾的情緒是期待的，準備好將要比賽的馬在出發點躁動著。比賽開始了，馬兒狂奔，人們也跟著情緒激動，看著心中的寶貝努力往前跑，很多人口中叫喚著：「Go！Go！Go！Baby go！」讓我想起健康寶寶爬行比賽，父母在場邊加油吶喊，要小寶貝加油快爬的情景，我相信每個人看著心目中的冠軍，奮力往前奔跑，心中想必有一股瞬間產生的愛，這使我對賽馬，有了自己的想像與解釋。我喜歡這種活動，但是我不會迷戀，因為，我喜歡騎馬更勝於賽馬。

不完美的美
Imperfection is Just Perfect

不完美的美
Imperfection is Just Perfect

　　這是我將近四年來第一次正式面對這個缺憾，我那在台北買的專業演奏用薩克斯風，在搬家工人為了我那台灣到美國加州跨國的搬遷細心包裝及用力擠壓裝箱下，造成我心愛的薩克斯風，無法彌補的傷害。我親眼目睹他雙手一壓再小心的關上樂器盒，當下心一驚，想著應該沒事吧！忙著包裝其它搬遷物件也就無暇他顧。直到我到美國拆開堅固的薩克斯風樂器盒想吹奏練習時，一陣暈眩，入眼的是變形的喇叭口（BELL），生性追求完美的我，著實無法面對這種缺陷，憤怒之情不可言喻。雖然怒氣橫生，因為跨海搬家公司的保固期只有三天，三天！到美國移民的第三天，有誰會有閒情拿薩克斯風來吹動那浪漫的空氣！等到發現為時已晚，早過保固期。以電子郵件向跨國的搬家公司反應後，承諾我免運費幫我運回台北修理再負責運回，但是不負責修理費，打聽後，雖然可以拿去修，然而與生俱來的超完美主義的我，與樂器修理師傅溝通後，得知即使修復喇叭口仍有折痕，實在無法勉強接受這修復後仍會存在的折痕，折痕會像烙鐵，烙入我心裡，所以就沒拿去修，只要求搬家公司派人到書局，買我開給他們的中文書單，一共五本寄到加州給我，算是道歉！然而我卻再也不碰我心愛的樂器了，「就像隻蹲在牆角安靜的貓，恨恨的守著餿掉的魚」不忍丟棄卻也不肯去碰觸，原本費了好大功夫找到一家大樂器行，在人生地不熟語文溝通困難的美國，努力克服心理障礙，見到一個薩克斯風老師，欣喜計畫著到美國來第一個學習課程，卻因此這樣輕意放棄了。雖然隱隱作痛，確也愚蠢至極，倔強著自己也搞不懂的倔強，生著包裝工人的氣，更生著自己的氣，為何不當下打開樂器盒，在樂器受損的時候就發現處理，如此經過將近四年…

一次偶然，在網路上看新聞熱烈報導著，並循著報導在YouTube搜尋看到Paul Potts 跟Susan Boyle 在Britain's Got Talent的節目上所做的絕美歌喉呈現，天籟之音，竟然從一個其貌乏善村姑氣質的婦人，門牙歪曲外貌不揚表情羞怯，看不出一點自信的手機售貨員喉嚨一傾而出，全球各地透過新聞網路發出陣陣波波的驚嘆號！！！！一次次在我心裡敲響暮鼓晨鐘，喚醒我～不該再執著於完美，因為不完美，也是一種美！

我的內心對我說著：

再美的鳥終會羽色黯然

清澈的小溪因雨水的肆虐終會混濁昏黃

高山峻嶺因地震位移成丘陵

原應美麗的花朵卻開出扭曲的花苞

上帝的子民卻生來缺陷

難道

你就不愛

難道你就轉身離去

還是為了保護

因為愛

於是

以保護之名築起無形的銅牆鐵壁

將之

與世隔絕剝奪快樂的權利

或是

乾脆讓不完美的人事物自我放棄？？？

　　我的眼～終於打開了，認真的觀察欣賞著不完美的美～我內心的緊閉封建的心鎖鏗鏘落地，淚中有慚愧有自省，原諒了別人也饒恕了自己，原本不對外開放的心靈，突然生氣蓬勃的湧入更多活潑的氧氣，細細有耐心的體認到不完美的美，能換個角度欣賞包容不完美感人之處，發現每個不完美的背後更有感人的故事，觀察事務的角度有一個翻轉的大改變，我靜靜的回想反省著～我的薩克斯風，我大可再買一把新的來吹，讓自己放下怨懟放下固執，有一個新的開始。或者修一修重新吹奏，然而由於我心理障礙躲避嫌惡它的缺陷，將之如棄嬰般丟之於儲櫃中，所擔心的是一旦取出來吹奏演練，恐旁人指點竊笑，就如同Paul Potts 跟Susan Boyle初次登台時受到現場觀眾及裁判的嘲弄，以及世人的輕蔑不屑眼光。等到聽到他們天籟般的歌聲後，彷彿天際一聲霹靂震醒無知，慚愧感動之餘，全體起立歡呼！歡呼讚許著他們勇於表現的勇氣登台的決心改變命運的信念，也歡呼著自己的良善願意給他們一試再試的機會。讓本來缺信心需要鼓勵之人，有了一個自我肯定創造未來的機會，並有多人當場拭淚坦然面對自己的荒唐無禮。我對我的薩克斯風也是一樣，雖稍有缺陷卻不影響功能，我卻忘記它曾陪我的快樂歲月及美好回憶，棄之如無主之物……然而～調整庸俗心態重新審視自己，發現！我還沒有失去再重新好好愛它的能力，並給它重生的機會～！！就在我還沒好好拿出來吹奏之前，心想將它放在堅固的音樂盒中妥善保護就感覺甚穩當心安。沒料到竟然就被偷兒取走了！還沒來得及讓它重新陪伴我，旋即失去，悵然懊惱！時至今日每每在腦海還會迴旋想起它的聲音！思極念甚！它幫我上了人生一課。

　　回過頭來看看自己居住美國這六年，我收起了在台北似小蜜蜂般忙碌的翅膀，走著美國式的緩慢腳步，大隱於市。在紅塵凡世中自

修自省，我學習到了人生「沒有非如此不可」，雖然我的薩克斯風有一個折痕卻因而就多了一個故事，就像每個人身上的每一道疤都雕刻著一個故事一般，這疤痕是有形還是無形，是痛苦還是滄桑，只要有愛，信心及包容，轉換一下心境，不要在乎別人的不友善，也不要憑空去揣測他人的想法，用心聽聽自己內心的聲音，真的！不完美還是很美～！！

117

粉墨伶歌一朝看
Chinese Opera

粉墨伶歌一朝看
Chinese Opera

　　是夜，在洛杉磯柯達劇院的二樓觀看北京，京劇院梅蘭芳劇團的演出。它是個中國相當具代表性，享有世界知名度的劇團，最為人津津樂道的便是梅氏父子同台演出的白蛇傳。當年在台灣聽說白蛇傳一白一青一父一子的演出轟動一時傳為美談，可惜我尚未出生，不能恭逢盛事親眼目睹。而今耳邊傳來幽幽緲緲清麗絕俗的是平劇熟悉的唱腔，眼前璀璀璨燦嬌嬌柔柔的移動是反串的蓮步，今晚的重頭戲是乾旦胡文閣先生在霸王別姬反串虞姬，以及高齡七十有餘的梅蘭芳之子梅葆玖先生反串貴妃醉酒裡的楊貴妃，字幕上有中文以及英文翻譯，英文翻譯無法翻譯出中文用詞遣字意境深遠是想當然爾，然而身在異邦能欣賞到國粹著實不易並格外珍惜。

　　台上一分鐘台下十年功，京劇的美是很有想像空間的，所謂有限的空間，無限的想像。萬里長征五六步，百萬雄兵七八人，很能代表其中的意境。中國人把想像力發揮到淋漓盡致，京劇可稱得上是最具權威與代表性。京劇無非是一種生活唯美主義的極致，連演員衣服上打的窮人補丁都暗藏缺陷美。西方人把京劇翻譯成Opera（歌劇）蠻差強人意。西方的藝術理論家顯然對中國的藝術分界有文化差異及誤解，居然把梅蘭芳列為中國舞蹈家。西洋歌劇著重在演員的歌的部份，肢體動作較少，幾個簡單的動作，只要根據劇情結合就算交差。
　　東方京戲與西方歌劇都必須歌喉好肺活量大。西洋歌劇八十公斤的杜蘭朵公主，九十公斤的阿伊達，一百公斤的王子比比皆是；若說梅蘭芳是舞蹈家的話，西方的芭蕾舞卻是不必開口演唱的；然而在京劇裡演員必需唱作俱佳缺一不成角，你不可能見到八十公斤的代戰公

主、九十公斤的虞姬、一百公斤的西楚霸王或孫悟空！從整個視覺設計而觀，中國京劇更是一種精緻含蓄面面俱到的美學。

　　置身洛杉磯柯達劇院舉目四望，環繞週遭大都是身在異鄉、魂繫故國的居美華僑，想我中華國粹遠渡重洋薰陶異邦，不由自主的挺起胸膛，心中湧出的是毫不保留的驕傲。從小陪著父親看京戲長大，而今獨自看著耳熟能詳的表演，父親的形貌歷歷在目盤旋腦海，像一支多情的軟鞭抽動我善感的神經，心中百感匯聚激動不已，思父的哀愁突似漩渦般將我拽下深淵，一次次的深呼吸強壓氾濫的情緒，暗潮洶湧的熱淚幾度悄然潰堤。心想如果父親能跟我一起在美國看京劇，他老人家不曉得要有多高興！然而，他老人家已於2007年12月4日與世長辭。坐在黑暗的觀眾席裡我魂不附體，思緒一路飄搖，回到幼年時台灣嘉義的家中客廳。

　　父親十八歲時因戰亂輾轉來台，育有三子三女，我是三女兒排行老五。我是唯一對京劇有濃厚興趣的孩子，父親週末固定消遣娛樂便是看京戲。數不清多少個星期天的下午，年幼的我安靜的坐在父親的身邊一起欣賞京劇，父親不厭其煩的對我解釋說明，演員唱腔的優缺點，老戲與新戲的差別，是我對傳統京劇的啟蒙。由此，得知當年當紅的青衣名角是徐露，她唱的是老戲，所謂老戲就是用最傳統的唱腔，最簡單的舞台道具，一桌兩椅就可以唱一整齣戲。連台步都不可多一步少一步，以現代人的眼光來看，少了一份視覺上的刺激。所以看老戲的只有真正的京劇愛好者，才有這份癡迷與對京劇愛好的續航力，否則半路出家者包管看的個個哈欠連連耐不住性子。至於我因為得父親的遺傳，喜愛戲劇，不論古今中外，只要是戲劇都很願意去接觸與瞭解。唯有日本演出者臉塗白粉戴著鬼面披頭散髮的能劇例外，雖說藝術無國界，有可能是慧根不夠吧！

　　在台北唸大學時，週末得知有好戲可看，喜孜孜打電話跟父親報告，先幫父親買好國軍文藝中心的戲票，父親搭車北上需花三小時，站在戲院門口等待父親，父女一同看戲是一段美好的時光，精彩處一起忘情對著京戲演員大聲喝彩叫好。人生幾何，好不淋漓痛快！父女豪邁盡出，雖稱不上文人，倒也是賞戲的雅士！再來就是台灣名旦角郭小莊時代，這個時候，我已經結婚了。多半是陪婆婆去國家戲劇院去看戲。郭小莊唱的是新戲，不論是粧扮唱腔或舞台都已經有了耳目一新的變更，由於她對京戲的更新，倒也吸引一票年齡層較低的新戲迷，我也不再是看戲時觀眾裡最年輕的族群，我原本擔心戲迷會產生青黃不接的斷層現象終於得到緩解，也算是好事一椿，所以我對郭小莊是抱著相當肯定的態度。因為她為了讓國劇觀眾年輕化，開創國劇新紀元，她創立「雅音小集」，融合中西方戲曲文學和舞台藝術，重新賦予國劇新生命。

　　繼郭小莊之後，京劇名伶魏海敏也紅極一時，並有一群年輕戲迷，魏海敏成立以「承續梅派表演特質與精神」為宗旨的組織，志在啟展梅派藝術的時代新意，創造精緻文化寬廣的發展空間，她以梅派的「潛在語言」為基調，引導出形成角色之程式化語言的漫漫過程，及欣賞表演過程時可以咀嚼的細膩之處，成功地將傳統京劇程式化的表演融入現代劇場，自與吳興國合演「當代傳奇劇場」的【慾望城國】開始，一路探索聯繫傳統與現代的可能性，如今此劇已成為經典劇目，廣受國際好評。當時，我帶婆婆去台北國家劇院觀賞【慾望城國】時，特地買了第一排正中間的票好讓婆婆欣賞得更仔細一些。魏海敏與吳興國精湛的唱腔豐富的肢體語言，前所未有的誇張表情，藝術性極高的舞台佈局，徹底讓我婆婆這位老戲迷改觀，大力稱頌讚嘆！

　　後來我有了兒子，在兒子滿八歲終於可以進入國家戲劇院觀賞表演的那一年起，我開始帶著婆婆和已半退休的公公，以及兒子，一行四人經常一同前往看京劇。那時，從中國大陸來台北表演的北京京劇團最受矚目，凡是這個劇團的戲我們每年必看，有時在國家戲劇院，有時是受邀於辜振甫，辜家的新舞臺表演，這段期間還時興名人票戲（業餘粉墨登場），最被津津樂道的就是辜振甫先生與郝柏村先生演唱的空城計裡的諸葛亮！只要我父親有空北上便一行五人去看戲，那是一段永難忘懷的美好回憶。

　　然而快樂的日子總是如南下避寒的候鳥，留下的僅剩噬人的寒風。後來公公罹癌去世，便暫告中斷。我為人母後亦因孩子一天天成長課業一日日加重的情況下，無暇經常陪父親去看戲，唯有代購票略盡孝心。幾年後父親因罹漸凍人的絕症，全身肌肉萎縮一病不起。醫生說父親最後的命運是全身肌肉萎縮，連肺部肌肉也萎縮窒息而亡。看著心愛的父親氣切病痛臥床神智清醒求死不得，是身為子女的天譴。有時真恨自己的懦弱讓父親多受那麼多苦，多撐了三年有何意義？時至今日，每每想到父親要求我為其拔管的神情，萬箭穿心無法盡數心中悔與痛。屢屢陷入親情、法律、不捨的苦思與掙扎。在父親每日僅能面對天花板的日子，我們在父親搬入長期照護病房之前就幫父親裝好電視備妥音響，希望父親得以打發無聊稍忘病痛。為此我跑遍大街小巷到處搜購京劇DVD。當時我陸續購買大約快兩百片，直到買無可買。每次去看父親時，總是詢問看護，父親有沒有看京劇，來斷定父親的心情與身體狀況，若答案是肯定的，就稍稍安心一些，因為父親無法言語，然而神智卻是很清楚的，所以承受的身心煎熬就更巨大。直到有一日父親再也不想看京劇了，我知道我再也無法取悅父親了。除了嘆息，還是嘆息，說什麼都是多餘。

　　「父親，您女兒並沒有因為您的離世而對您稍有或忘」。這是我失去父親以後第一次看京劇，連對演出者的鼓掌都使不上力，更別提大聲叫好了，耳裡盡是您我唱的蘇三起解：「蘇三離了洪洞縣，將身來在大街前。未曾開言心內慘，過往的君子聽我言，哪一位去往南京轉，與我那三郎把信傳。就說蘇三把命斷，來生變犬馬我當報還。」

　　今日，我想唱給父親聽的卻是：「三妹離了嘉義縣，將身來在舞台前。未曾開口心內慘，過往的神明聽我言，哪一位去往陰陽轉，與我那父親把言傳。就說三女將心意傳，來生變犬馬我當報還。」

　　思緒又飄回劇院，此時耳朵還聽著舞台上梅葆玖演出的貴妃還在醉著酒，我卻是無法看清眼前的景物。

生命的甜點
Dessert of Life

　　這顆火山石鐵礦歸於我所有了，經過了三年四次的詢及要求，第四次我只是帶一個好友去看這我深愛的石頭，Robert 居然以一個不可能的低價割愛，好驚！以前數次總是直接拒絕沒有商量空間，因為是他好友送他的禮物，而他好友早已去世，這石頭陪伴他二十多年，他不可能割愛。去看石頭，去看看這位老先生已經成為我的一個習慣，看他安好也就放心。石頭～我不在意是否一定擁有，當他請二個工人抬石頭上我車子時，我心裡一陣百感交集，跟他道別，我不忍就此開車離去，我請朋友在車上等我一下，我跑去要求幫老先生照相，並hug他，跟他說：I will take good care of it. I promise you! Robert說：I believe you will. It's in a good hand.

　　我得到了這石頭，可是，我感覺他是在承傳一份友誼，我，感動莫名！謝謝你 Robert！（Robert 擁有一大片土地賣樹賣植物花草盆栽～不是賣石頭的，這石頭是他個人珍藏紀念品）

生命的甜點
Dessert of Life

我幫這顆

地底岩漿冷推擠冷卻而成的

火山石鐵礦取的名字

因為它一層鐵礦一層岩石

層層疊疊層層疊疊層層疊疊

而形成這樣絕倫引人

就像一個大大的千層巧克力起司蛋糕

我將它擺放大門口

分享給所有經過的有緣人

分享上天給我們的「生命的甜點」

皇家護衛
Royal Guard

　　這兩匹馬，花馬是母馬芳名Liberty今年十四歲，咖啡馬是公馬名叫Jack今年也十四歲。Liberty跟Jack是青梅竹馬，主人Alberson說看著他們分別出生，放心，不是兄妹馬。主人Alberson是個六十歲左右的白人，臉上有一道明顯的疤，我沒敢多問怕失禮，下次再問。

　　Albertson是個很健談熱情的白人，他告訴我，母馬Liberty是個女王很驕傲，平常她跟Jack在一起時總走在前頭，一副不可侵犯的樣子，總是叫Jack做這做那，親嘴、抓癢、舔背……但是一遇到其它馬的挑釁，她就走到Jack後面，Jack就充當護衛保護她，並踢走鬧場的馬，曾同時踢走兩匹馬保護Liberty。我跟主人說：「那不就像Bodyguard」主人說：「對！就像Bodyguard（保鑣）」。

126

　　主人說：「必須經常餵他們吃維他命」並示範給我看如何調配，喔～原來是以美國甜豆為底，加上維他命粉，再加上鹽，這樣有甜有鹹有維他命，正是馬每天需要的營養。母馬Liberty一直發出聲音催Alberson快一點，喂～你在幹嘛！今天怎麼動作那麼慢，該吃維他命了，Albertson翻譯馬語給我聽，並告訴我，一匹馬的平均壽命是三十年，所以這兩匹馬應該是中年。我跟Albertson說話時，母馬的確一直唸唸有詞，就像是個不耐久候的女王。

127

我與野鴿子的三天兩夜
Three Day Affair

曾救一隻野鴿子

發現它時，正掙扎於鄰居草皮，有二隻貓，虎視眈眈，緩緩接近，不知鴿子怎麼了？冒著禽流感的危險將它抱了起來，怎能見死不救？

原來翅膀可能扭傷了。在車庫我餵養照看三天，就在紙箱裡，有時將它放在後院，它就站在紙箱裡閉著休息享受陽光與風！第三天痊癒了。

我把車庫打開讓它試著飛，它不急著飛一直看著我，我要它等一下我到樓上拿相機，它彷彿聽懂似的待在紙箱等我回來幫它拍照，跟它說：傷好了，飛吧，回家吧！

它飛上我的車，回頭看著我，又乖乖讓我拍照，我又說：再見了，飛吧！它才又飛到隔壁屋頂，緩緩一步一步往上走到最高，站住回頭又看著我！然後飛走！

有人說，我應該把它留下！我說：我不能因為愛，而讓它失去自由！

雖然幾年過去了，我仍然想念！也知道再也看不到。
就算看到，也相見不相識了！

鳥婚
Bird Marriage

我在美國參加幾個婚禮，美國的婚禮通常是女方負責婚禮的開銷，有一種不成文的習慣，東方男孩娶東方女孩，婚禮開銷男方負責，東方男孩娶白人女孩婚禮開銷女方負責，東方女孩嫁白人婚禮開銷得女方負責，當然也可雙方討論。

婚禮不見得要在餐廳舉辦，有些人選擇在自己家浪漫的後花園舉辦婚禮。我看後院藤蔓茉莉花開的花團錦簇即香又美，一時興起，為我後院的鐵鳥（由斧頭圓鍬馬蹄鐵各樣鐵器組合成的藝術抽象的鳥）「Recycle metal bird」舉辦婚禮，一共舉辦二場，新娘做不同造型。再將照片拿給兒子看，建議日後他遇到心愛的女子時，可考慮在後花園舉行婚禮。

看過照片後，兒子爽快的同意！

摩登藝術玩家
Contemporary Artist at Play

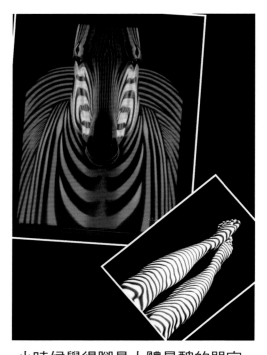

小時候覺得腳是人體最醜的器官

長大了覺得腳丫子醜的非常可愛

人真是善變的動物

今天

讓我的腳丫跟斑馬玩耍

變色的腳丫

可以跟不同的物種相融合

也是摩登藝術的一種玩法

能量
Energy

我在設計廚房壁飾的時候直接了當想到的就是命名為能量，廚房是能量的來源，所以就以行星運繞的圖騰來代表能量來源的太陽所散射的光芒設計，效果很好。更棒的是，為了不讓插座突兀將之圈於內，用另一個想像，將光芒視為一雙筷子正要夾碗裏的菜（插座），這倒教育了我自己，一個事物兼具了不只一個面相！觀察事物不能光靠肉眼還得有一個細膩之心！所以一體兩面，面面俱到，真是不容易！也是人生哲學！

文化的力度
The Power of Culture

文化的力度
The Power of Culture

　　人一旦遠離家鄉，由於思鄉之情起發酵作用，日子久了，反而能夠靜下心來細細品味文化之芬芳，重視文化之美並且引以為榮！這是一種反思，也是一種動力。

　　第一屆中華文化日於2014年11月8日在加卅千橡市舉行，這是康谷華人協會及千橡中文學校合辦的活動，展現中華文化特性及美感給加卅康谷地區的民眾，這是康谷華人的光榮，是一件意義重大的盛會。

　　我應朋友之邀，在這個活動中幫忙傳統服飾照相攤位。因為這個照相攤位的一些穿戴較繁複的傳統舞蹈服飾，是我在2011年編導的新春會開幕舞「歡樂廟會迎新年」的表演服飾。需要我的助力，幫助來照相的來賓穿戴，並且教導他們如何擺出中華舞蹈的基本姿勢。

　　在中華文化日活動的前一天，我拿著印好的數十張活動宣傳單自己到白人區驕傲愉悅的散發，希望為文化日做最後衝刺，多一個人參與，便多一分成功的想法，支持著我的傻勁。

　　我移民美國前原本沒有穿旗袍的習慣，為了這次中華文化日，朋友臨時請我幫忙，並且告訴我，最好能穿上代表中華文化的服裝，我趕忙到網路上買旗袍，並且及時在文化日前二天接到，所幸還算合身，穿上這繡龍鳳的黑色旗袍，欣然參與活動。在我幫白人孩子穿上服裝的時候，我恨不得將五千年中華文化穿在他們身上，讓他們穿的美美帥帥的拍照，將中華文化之美經由他們手機裡的照片，廣泛的散播出去。新世代用自己的手機拍攝，是現在照相攤位的新趨勢，跟

以往的大不同，卻因為一來免費，二來方便，很受大家喜愛，一個接著一個，人潮活絡熱鬧。或許正因如此，有一位男士居然拿出紙筆來問我問題，我覺得奇怪，定神一看，看到他胸前掛的記者証，才知道他是記者，他問了幾個問題，我竭盡所能盡力回答，一個記者訪問結束，又馬上接著另外一個報社記者訪問我，問題也是差不多，我努力回答，想像會讓更多人透過報紙，知道千橡第一屆中華文化日。沒想到，雖然有兩個報紙刊登了中華文化日的報導及我的照片，兩報紙上都有我的名字，但是居然只是說明Amanda Che 在中華文化日傳統服裝攝影攤位幫人穿上服裝拍攝照片。朋友看到了，告訴我，我啼笑皆非的回答：「枉費我說了一堆，他們也都點著頭，難道他們聽不懂？我的英文真有那麼差嗎？」不過，沒有關係，想必既然有了第一次中華文化日，日後有機會還是會繼續舉辦，深深期盼會有更多不同民族的人知道中華文化之美，並且樂於參與。

鳳蓮不是鳳梨
My Beautiful Mother

鳳蓮不是鳳梨
My Beautiful Mother

記得國小的時候，老師出一篇作文題目「我的母親」這個題目似乎有好多老師都喜歡，所以從國小到高中寫作了好幾次，相信很多人有類似的經驗，隨著年紀的增長，作文內容一次比一次豐富，從懵懵懂懂到知足感恩，更是一段漫漫歲月的累積。

回想起老師們一直要我們寫作文「我的母親」原來是要讓我們知道世界上最親密最偉大的人從小就在我們的身邊，不斷地提醒著我們要感謝母親，記得在上大學以前，每當老師要我們寫作文「我的母親」總是聽到同學們齊聲發出「哎呦！」覺得很不耐煩，為甚麼老是出這種題目呢？真是沒有創新變化的思維，典型學生的「不可一世」及「自我為是」的天真，總認為自己是最聰明的驕傲，蒙蔽了自己的心，忽略了最微小的細節其實就是最偉大的愛。小時候寫媽媽，總寫不出個所以然，記得第一次寫我的母親，我作文一破題就是寫：「我的母親，是個女生，她的名字叫做車張ㄈㄥˊ　ㄌㄧˊ（鳳梨）。因為國小二年級國字還有很多不會寫，老師說可以用注音，等到作文簿發下來，我發現我犯了一個嚴重的大錯誤，不可原諒，簡直是太不孝了，我將母親的名字拼錯了，車張「鳳蓮」拼成的車張「鳳梨」差一點哭了出來，馬上拿著作文簿，到老師那裡去糾正，我跟老師說：「我媽媽叫做鳳蓮不是鳳梨」，老師看著我自責的神情，摸摸我的頭，回答說：「好的！老師知道了，媽媽叫鳳蓮不是鳳梨。」小時候寫作文盡是寫些吃飯穿衣的事，老師說那叫做寫流水帳，那些都不足以形容母親於萬分之一，如今母親八十多歲了，我想重寫「我的母親」來表達我對母親的愛與敬意。

　　把時間拉回幼稚園的我躺在媽媽的左手臂上，臉面對媽媽的胳肢窩閉著眼睛睡午覺，深深地吸氣吐氣熟睡著，因為這樣才可以嗅到媽媽身上微微的香味，必須如此我才睡的著，媽媽說我這樣是撒嬌，我也不知道，因為只要媽媽趁我睡著了，悄悄抽出我枕頭的手臂偷偷離開我身邊去做家事，我就像抓犯人一樣馬上醒來，命令她馬上回到我的身邊，抱怨著她這樣亂跑會讓我睡不好，我嗅不到媽媽的味道會慌亂好像失去了什麼，到現在我知道那是一種依賴與安全感。媽媽形容，每次從我身邊偷跑想做一些家事，就好像在跟我玩123木頭人，然而每次都被我逮個正著。

　　在2002年夏，台灣行政院文化建設委員會舉辦了一場「文建會2002服裝藝術衣party」活動。我受邀當剛得到奧斯卡最佳電影臥虎藏龍服裝設計獎葉錦添先生為「時代的容顏」設計的100套服裝中的模特兒之一，在攝影集中被問到一個問題：「記憶中的第一件新衣服。」我的回答是：「媽媽請人訂做的，藍色海軍領連身小洋裝。」從此，我就認定，穿衣一定得合身，想必童年的美好記憶影響了我一生的習慣。

　　小孩子生病發燒，是很讓父母擔憂的，尤其是母親，可以徹夜不眠不休的照顧小孩，父親往往是呼呼大睡的那一個，並不是父親不愛小孩，這是一種天性與習慣，好像照顧小孩，是身為母親的天職。想起我兒子，小時候感冒發燒時，為了退燒，我幫兒子放熱水讓他泡在浴缸裡退燒，我抱著兒子泡在浴缸裡頭整夜沒睡陪著兒子，先生往往是呼呼大睡的那一個，表示有我照顧兒子他很放心，也表示先生對我的信賴。小時候我身體較孱弱，老是感冒發燒，媽媽總是焦慮的照顧著我，因為我小時候有白血球過多的毛病，發燒對我來說是一件大事，哥哥姐姐總是讓著我，要不然我哭哭鬧鬧就容易生病發燒，我大

姐說我就像個小公主一般，小時候沒人敢惹我生氣。印象中我一生氣，就感覺渾身沒有力氣，很不舒服，總是在發燒中過日子，每次生病高燒在睡夢中感覺到媽媽在旁邊幫我擦汗輕聲細語地跟我說話，早上汗流夾背醒來發燒退了，每次我的身邊總是瀰漫一股蘋果香氣，也不知是爸爸還是媽媽在我枕頭旁邊放了一顆蘋果，看到了蘋果我的病就好像好了一半，再把蘋果吃了，病也就好的差不多了，小時候總覺得蘋果有神奇的療效，往往忽略了父母對我的照顧，以為是蘋果讓我病好起來的。小時候那些枕頭旁邊的蘋果，聞起來特別的香，長大以後就再也沒有聞到過像童年時那麼香的蘋果，童年時的蘋果，有一股父母愛的芬芳。

我天生捲髮，大姊說對我小時候的印象就是披頭散髮跑來跑去，走路不好好走蹦蹦跳跳，整天在外頭玩，被太陽曬的皮膚黝黑，又小又瘦像皮包骨的小壁虎，聽大姐形容我小時候好像很醜，我老是以為自己很漂亮，因為爸爸媽媽非常疼我，想必父母無限的愛，也會讓一個孩子自己覺得美好。我自己也有一個很深刻的印象，印象中媽媽拿著大大的梳子幫我梳頭髮，然後扎成長長的辮子，我的頭就跟著媽媽梳頭髮的動作前後搖擺，因為頭髮實在是太長了，我又不要剪，小小年紀就認定長頭髮才像個女生，這個時候我剛上幼稚園，始終感覺媽媽像是我一個人的，後來媽媽越來越胖肚子越來越大，我還是很愛媽媽，原來媽媽懷孕了，懷孕是甚麼？我問媽媽，媽媽說：「媽媽要生一個弟弟或妹妹給妳，將來你就會有一個弟弟或妹妹跟你一起玩。」我急著跟媽媽說：「我沒有想要一個弟弟或妹妹呀？媽媽你可不可以不要生弟弟妹妹給我？」媽媽笑了笑，輕輕的把我摟進懷裡親了一下。我心裡開始煩惱著，萬一媽媽生出的弟弟妹妹我不喜歡，那該怎麼辦？小小的我第一次有了煩惱。

　　隔了幾個月，有一天晚上爸爸媽媽匆匆出門，隔天早上外婆跟我們說，媽媽生了個弟弟，外婆燉雞湯要二哥幫媽媽送碗雞湯去，就裝了個小提壺，交給二哥，哥哥牽著我的手一起去看媽媽，因為醫院離家裡很近，所以外婆很放心，走在走著，我跟哥哥說我腿酸，哥哥就蹲下把我背了起來，走沒幾步路，哥哥跌倒了，額頭流了一點血，我嚇壞了，一直跟哥哥說：「二哥我腿不酸了，我自己走，別背我了！」二哥不肯答應堅持背我到醫院找媽媽，二哥還說：「還好給媽媽的雞湯沒有灑了。」我覺得二哥好勇敢。但是我心疼總是害怕二哥再跌倒，擔心自己是不是太重了害二哥跌倒，那一年我六歲二哥八歲，二哥始終是扮演著保護我的角色，一直到現在都是如此。到了醫院，第一眼看到弟弟，簡直快崩潰徹底失望，紅通通的像隻皺著眉心的猴子，這真是媽媽生的嗎？我美麗的媽媽怎麼會生隻猴子？這猴子後來回到家裡，有一次還差一點被我踩死，那時候他才一個多月大，我人小腿短，想要跨過他，到床的另外一端睡覺，不小心踩在他肚子上，弟弟當場臉色發黑，差點兒喘不過氣來，媽媽趕忙把他抱起來，拍拍拍的終於回過了神，大聲哭了出來臉色也紅潤了起來，真是嚇壞我了。

　　直到現在，我們都是幾十大歲的人了，我頑皮的弟弟只要他鬧肚子，都推說是因為我那一腳踩的，我只能哈哈大笑，真是一失足成千古恨，有時候我就會反駁他：「你根本就是先天不良後天失調，別怪你三姊，你姊姊我踩你那一腳，是讓你練身體，我是瞧得起你，別人我才不踩呢！」真是的！小時候我老是怪媽媽，幹嘛把弟弟生出來，煩死了，一天到晚要媽媽抱的猴小孩，老在媽媽身上爬來爬去，是把媽媽當大樹嗎？我很氣憤的說著，我越生氣，媽媽看了就越是笑，真不懂媽媽到底在想甚麼。還記得自己剛上幼稚園，媽媽經常騎單車載我

跟她朋友相約看電影。她朋友先生姓單，我稱呼她單媽媽，她兒子跟我一樣大。她跟媽媽兩人同一個時期大腹便便，遂而笑的指腹為婚，果然好巧生出一男一女，小時候據說我跟她兒子走路都是手牽手，長大要結婚的，等彼此長大，根本不來電，也就作罷了。有一回，爸媽又要帶全家去看電影，爸媽極喜歡看電影，我也是電影迷，應該是從小受父母影響。當時，二姊小學三年級，剛學會騎單車，我覺得新鮮有趣，想讓二姊騎單車載我去電影院，爸爸不同意，怕危險，也怕二姊把我摔了，堅持不肯。我亦堅持不願意搭爸爸的車，媽媽根本不出聲，想必是知道勸不動我。就這樣僵持不下，爸爸說我不乖，我就大哭，因為覺得爸爸罵我，他怎麼可以罵我，爸爸忍不住把我抱起來，我繼續哭，爸爸哄了半天，爸爸抱我到浴室幫我擤鼻涕，把毛巾弄濕幫我擦臉，說小臉哭醜了哦，我馬上停止不哭了，但還是要二姊載，可憐的爸爸同意了。就用跑的在單車旁護著我，一路跑到電影院。想想我真是磨人精。

我越長越大就越是嬌縱蠻橫，什麼家事都不做，上學要媽媽當鬧鐘，每天六點半叫我起床，媽媽知道我前一天書讀的晚，想讓我多睡幾分鐘，我一醒來，就生氣大聲責備媽媽為甚麼不叫我，語氣比大老闆還大老闆。我跟媽媽大叫說：「我今天要考試，我來不及就慘了」，「You are fired！你被炒魷魚了！你失業了！」那個時候我是國中，學會英文就以為自己很了不起。

在那個年代的國中生，每一個人都是清湯掛面的短髮，我小時候頭髮留很長，記得有一天，媽媽跟大哥不曉得說了甚麼，大哥突然開始勸我剪頭髮，我天不怕地不怕就怕大哥，一向最尊敬大哥最聽大哥的話，原因是甚麼？我自己都不知道，大哥說：「小妹你怎麼不把長

髮剪掉呢？看你在外頭跑來跑去滿頭大汗，把頭髮剪掉了，留短短的赫本頭好了，奧黛麗赫本是大明星哦，她氣質很好是大哥最喜歡的大明星！」既然大哥開口了，我從小對他是言聽計從，當然說好啊。然後大哥跟媽媽對看一下微微一笑，我到今天才恍然大悟原來是他們的陰謀詭計，因為媽媽每天幫我梳頭髮太累，又怕我一年以後上國中馬上就要剪短髮，怕我難過，所以先讓我留短髮適應，免得到時候大哭大鬧不可理喻，我就在大哥的誘勸下開始留著短短的赫本頭，直到大哥娶大嫂，大哥讓大嫂留著短短的赫本頭，我才知道，原來大哥真是奧黛麗赫本的頭號粉絲（fans）。上了國中的我，母親說我越來越難伺候，頭髮也從不出去讓別人剪，這工作又落在母親頭上，天生捲髮，不容易剪清湯掛麵頭，髮尾翹東翹西，我有一句話專門來形容自己的頭髮：「我的每一根頭髮都有自己的想法！」據媽媽說，這下她又苦了，拿把剪子幫我剪頭髮，我就拿把鏡子東照西照，多剪一根少剪一根都不行，得剪到我滿意為止，這樣下來就是一兩個小時，可把媽媽給累壞了。除此之外，學校制服上衣要燙的筆挺，下面的裙子百褶裙更是要花功夫，一摺一摺對好燙不容許有皺紋，穿著皺的學校制服上學看起來沒精神，看起來沒精神學習效果就會不好，這是我給媽媽的理由，起初媽媽經過幾次的燙整，總是嫌棄她燙得不夠筆挺，最後媽媽放棄了，我的學生制服全部送洗送燙，她說養我這孩子要花很多功夫。

好不容易我上到高中了，我主動跟父母說，家裡太吵了，我要住校，媽媽便開始幫我準備住校的東西，我親自挑選了淺藍色有狗狗圖案的布料，做成了全新的床墊被單枕頭套及棉被，充滿了期待，準備要離開家，過獨立的住校生活，開學前一天，爸爸帶著我到學校，帶著所有媽媽為我準備的嶄新寢具，一踏進寢室，看到兩層的學生木板

床，我傻眼了，怎麼那麼髒，好多灰塵，我連個抹布都沒有帶，我根本就沒想到需要抹布，還好同寢室的同學，看到了我的窘境，主動的借抹布給我，我拿著沾水的濕抹布，邊擦床板邊掉淚怎麼這麼命苦，一邊哭一邊下定決心，我緊緊抿著雙唇內心決定不住校了，爸爸在我身邊，默默的看著我擦床板，什麼話也都沒說，我知道他在心疼著我，他越心疼我我就越不看他，他一定知道我的委屈，我心裡是這麼的想著。後來爸爸離開了學校，晚上所有的住校生，在大廣場看戶外電影，算是學校對住校生的歡迎，只有我一個人去打電話給爸爸媽媽，哭著叫爸爸來看我接我回家我不要住校，爸爸馬上趕來，勸我試住個幾天，我說不行一天都受不了，跟爸爸就這樣兩人堅持著站著，後來誰也沒有說一句話，我只是不斷的無聲地落淚，大約站了快兩個小時，學校宿舍要關門了，爸爸說他三天後來接我，他便轉身離去，我無計可施，只好回到宿舍，一夜不成眠，更堅決要離開這硬木板床。幾十年過去了，父親也去世了，據媽媽回溯當時的情況說，當天晚上父親從學校回來，坐在客廳邊哭邊心疼的對媽媽說，是不是小女兒在學校被欺負了，他擔心極了！媽媽回了他一句：「女兒才到學校幾個小時，誰的動作那麼快，就欺負到咱們蠻橫的小公主！不可能啦！」我就讀的私立天主教女子中學，離家也不過是短短三十分鐘的車程，怎麼感覺像是離家百里似的，幾十年前父親對我的疼愛之情，聽到母親追憶，父親已不在了，我方知有這等事，心如刀割，我父親是如何疼愛著他的小女兒啊！寫到這裡我不禁淚眼朦朧。

三天，果然三天爸爸就來帶我搬回家，住宿費用全部浪費掉，爸爸說沒關係，女兒比較重要。爸爸工作很辛苦，要帶大六個小孩負擔很重，尤其是要同時註冊的時候，龐大的金額，真不曉得父親跟母親是怎麼渡過的。

　　高中了，學校的功課越來越繁重，功課越來越重我就越作威作福，在家裡權力大到不得了，每天晚上不准家人看電視因為會吵到我讀書，有一回媽媽要我吃完飯洗碗，媽媽就被爸爸罵：「女兒要讀書，洗什麼碗！」這件事情媽媽一直忘不了，想到就拿出來重提，一提就是數十年，有時候先生抱怨我不做家事，我媽媽就舉個這個例子給他聽，說我是被爸爸慣壞的，意思就是請先生多多忍耐。這一招非常有效，不過我也有盡量改就是了。接下來我要說的就是，台灣的冬天非常濕冷，從高二開始我每天下課搭校車前打個電話給媽媽，我說：「媽！我要上校車了」媽媽回答：「好！」母女之間的對話簡潔的跟情報員似的。媽媽掛上電話就會開始幫我放熱水，讓我回家可以馬上泡澡，對於這種可以享受的時間，我可是一絲一毫不肯浪費。盡情享受母親的勞務與愛，認為一切都是應該的，現在想想，真是讓自己汗顏，怎可如此對待母親。

　　時間是我上了大學，人物是又開始留長髮的我，大學到台北念書，真正開始要過獨立的生活了，沒有人可以依靠，不可能住校三天就回家，剛開始從天天打電話回家找爸爸媽媽，跟他們講著我有多麼想家，爸爸經常寫信給我，要我不要省錢要記得吃飯要吃水果，水果要吃當季最新鮮的，知女莫若父，我真的不會照顧自己，要我一個人出去吃飯，簡直是要我的命，很害羞不敢一個人坐在餐廳吃飯，感覺全世界的人都會盯著我看，從小被父母照顧的太周到，對環境也就沒有了適應力，這個時候才發現自己是父母的嬌嬌女，其他同學自己吃飯都是一種常態，都搞不清楚自己為甚麼會緊張害怕？有一回宿舍同住的女同學們全部都外出，那是一個星期天，我一個人不敢出去吃飯，就在宿舍裡餓了一整天，餓的頭暈躺在床上，一直苦等著有人回來，能陪我去吃飯，等到九點多有一個女同學回來了，我下床迎向她

說了一句：「你終於回來了！」然後昏倒在地上，可把她給嚇壞了，當她知道我餓昏了，趕快拿東西給我，把我痛罵一頓，都大學一年級的人了，這麼不會照顧自己，在被同學罵的同時，我腦子裡可能太餓了，浮出了電影亂世佳人（Gone with the Wind）女主角在忍受了饑荒倒地痛哭後，站起舉起右手握住拳頭向上天痛誓 As God Is My Witness, I'll Never Be Hungry Again（上帝做我的見證，我絕不再挨餓）。我下定決心，練習一個人吃飯。我知道我不再是小孩子了，不能再像小時候，我一邊在外頭玩耍，媽媽就在外頭坐在小板凳上，等我來來回回一口一口的餵給我吃，餵碗飯就是一個多小時。回想，住在家裡好幾回吃飯的時候，爸爸覺得我太瘦了，要我多吃一點，便把雞腿夾放在我的碗裡，我便無聲掉淚好像受了多麼大的委屈，怪父親夾菜給我，雞腿擋住了我的白飯，要讓我怎麼吃飯？爸爸這個時候，就會苦笑愛憐的說：「傻丫頭！」我感覺以上的那些日子遠離我了，開始有了長大的感覺，就這樣跟家庭的距離也越來越遠，試著做一個獨立的個體，對父母的依賴也被新鮮的事物所取代。回家的時間變得很零星鬆散，每次回家，眼見著父母一次比一次老，卻也不知道該跟父母說甚麼，安慰嗎？不知道！因為我知道安慰也不能延遲父母的老化。

二十歲以後覺得自己就是個小姐了，大哥小時候叫我要抬頭挺胸吸小腹，對我的儀態很有幫助，大我九歲的大姐來台北找我，帶我去吃飯看電影，總是被我管得很慘，我要求她坐有坐相站有站相，連坐在電影院中看電影，我都要求她，坐板凳三分之二，她回家跟母親告狀說我對她很嚴厲，現在回想起來，我真是太凶了。我又不是大姐的媽媽，人在兇中不知兇，亂發脾氣自己不知道，總是理直氣壯看不到自己的缺點。

「我要結婚了！」在拜別父母的儀式上，爸爸送了我幾句話：「結了婚，就是公公婆婆的女兒了，要對待公婆像對自己的父母一樣，要孝順要體貼，孝順就是笑與順，不可頂嘴，要對婆婆笑眯眯的。」說著說著爸爸留下了眼淚，看著爸爸落淚，我也跟著落淚。輪到媽媽說話了，媽媽說甚麼，我倒是記得沒有那麼清楚，因為我看到我媽媽笑得很開心，彷彿臉上寫著，謝謝老天，這個蠻橫的小女兒終於出嫁了，一副脫離苦海的神情，我太專注於媽媽的表情，媽媽說的話也就沒有聽清楚，我很想告訴媽媽說：「媽！女兒出嫁！你笑得也未免太開心了點吧！」爸爸媽媽的表情真是天壤之別。

直到我自己身為母親，我母親身上的遺傳基因在我身上起的作用，我才知道我母親是如何的愛著我，義無反顧無法自拔的愛，愛著孩子的愛跟愛著一個男人的愛，是兩種不同的愛，我可以邊跟先生大吵大鬧一回頭馬上對可愛的兒子溫柔的微微笑，先生說我這種技能，比四川變臉還厲害。有一回跟先生又意見不和，先生覺得受不了我便打電話給我媽媽，要我媽媽勸說，我就跟先生說：「我跟你吵架從不跟你媽告狀，你為什麼要向我媽告狀」先生說：「因為妳法律系畢業的善辯，有理說不通！」我接過電話，媽媽「要我溫柔點，照顧先生」，這下我又生氣了，「怎麼每個人都要我照顧他，都沒有人要他好好照顧我」又發了一頓脾氣。後來，吵架吵餓了，要先生帶我出門吃宵夜，我心想：「吵架傷身體，兩個人不吃點東西補一補不行」又怕媽媽擔心，所以我就撥了電話跟媽媽報告：「媽！我們吵好了，肚子餓，出去吃宵夜了」媽媽傻眼了說我們一會兒吵架，一會兒牽手去吃宵夜，發神經，害媽媽擔心死了。還記得有一次在美國，受邀於朋友家中用晚飯，我跟先生一語不和，又吵起來，吵的就是整修房子的細節問題，我說過，在美國想要離婚就整修房子的諺語，吵的很兇，我

可是怒氣中生，扯開喉嚨不讓步，朋友先生說，他為了不讓鄰居以為是他跟太太吵架，故意在門外走來走去，以免被報警，聽他這樣說，我跟先生都笑了出來，也就吵不起來了。隔天，我喉嚨痛，聲音啞了，咬合關節受傷，只能吃流質跟豆腐，就像九十歲老婆婆，難受極了。到了美國平常習慣了輕聲細語，吵架功力大退步。武林秘笈有句名詞：「用進廢退！」功夫常練會進步不用就會退步，就是這道理。先生一點事都沒。我挖苦他常扯開喉嚨講話那麼大聲，當然沒事嘍，平常有練功。先生說：「講話大聲不是罵人」我說：「這種道理我一輩子也參不透聽不懂，這完全是吳家大少爺的謬論」如今大家漸漸有歲數了，聽先生罵人中氣十足，反而心中竊喜，起碼精神還不錯，時間真的會完全改變一個人的固執與想法。

我很幸運有一個非常疼愛我的二姐，有一次我病重氣若游絲，打電話請二姐上台北照顧我，我跟二姐說：「二姐你再不上來看我，我要死了！」那時當警官的二姐嚇的請了一個禮拜的假，到台北來照顧我，我的情況真的很糟糕，二姊一看到我哭了出來。我像是一個臨終病人一般虛弱，她每日照顧我餵我吃東西幫我按摩，還學到一個新的招式，要我跟她一起面對面手牽手打坐，她說這是灌氣，她把好的氣灌給我，把不好的氣甩出去，她是我們車家，這方面研究最多的人，有沒有作用我也不知道，只知道二姐怎麼說我就跟著做，有一次跟她面對面打坐灌氣時，她突然開口問我：「你有沒有感覺甚麼？你有沒有感覺甚麼？」她問的很急切，我馬上脫口而出：「有！我有感覺！」她問我感覺甚麼！我說：「我感覺我二姐很愛我！」二姐噗哧笑了出來，她說不能這樣開玩笑，會走火入魔！二姊告知我，她把我當女兒般疼愛，所以二姊在我心中是我精神上的依賴，每次回嘉義，二姊總是買好一堆洋裝裙子美麗的衣服給我要我試穿，我真的很幸運有照顧

我的好姊姊，人說長兄如父，長姊如母，我二姊也如母，所以，我兒子說我是在一個「愛」的環境中長大，所以，我總覺得世界上沒壞人，就算是壞人總有他好的一面。

　　每次回到嘉義父母家，就覺得心裡愧疚，台北，嘉義相距三小時車程，居然很少回家。我工作忙碌又要照顧兒子，想到的就是用金錢來彌補我的孝道，我經常鼓勵媽媽去參加旅遊，媽媽喜歡參加進香團到全台灣的廟宇拜拜，我總是大聲告訴她：「去！趕快報名，女兒給錢！」小時候，我不喜歡媽媽打衛生麻將，因為認為是賭博，賭博不是好事。其實衛生麻將指的就是打小牌輸贏不了多少錢。直到我生了兒子，才能體會，一輩子沒上班全心照顧我們的母親有多大的犧牲多麼的勞苦，打小麻將也只是消遣，我便又鼓勵她去打麻將，因為都是跟鄰居認識幾十年的媽媽們打，所以很放心，全是家庭主婦，小輸小贏卻很愉悅。我又成為媽媽的金主，寄給媽媽錢打麻將，有時候我打電話問媽媽，最近有沒打麻將啊，媽媽說：「連輸了幾次，捨不得打！」我就說：「唉呀！輸贏就那麼一點錢，我寄給你。幾千塊台幣，小事啦！」馬上多匯一點給媽媽，我心想媽媽能旅遊能打牌是好事，我將媽媽旅遊及打麻將的頻率視為她的健康指標，頻頻較高我就放心，只要求一點，注意身體不能熬夜。直到父親病了長期住院回不了家了，母親右半邊輕微中風，黑髮也全白了，旅遊跟打麻將都成為體能不能辦到的事。我的內心深處暗暗的驚慌惶恐，像是跟時間賽跑，跟時間搶父母，時間更變成我的假想敵，這假想敵卻是愈來愈無情。大姊跟我說，她陪媽媽時，媽媽說來說去就是那麼幾件重複幾百次的事，我跟大姊說：「老人是活在過去的光榮與悲傷中，因為，他們沒有可期待光榮興奮值得努力的未來，並非他們不想，實是因為體能已經不可能，所以，請耐心聆聽分享他們的過去光榮，並一起體會他們

以前的苦難，在他們還有體力還有心情陳述的時候，哪怕還再聽一百次，都算是好事，表示身體狀況不錯，當有一天，他們開始不願或不能開口，那又是踏入另一個將失去父母的人生軌跡。

上次回台灣看媽媽，媽媽剛開完白內障手術，當初她很緊張不想開，可是她喜歡看電視連續劇又看不清，我就勸她說：「據說，白內障就像是眼睛裡的玻璃用久了霧了髒了，玻璃得擦乾淨或換一塊新玻璃，很多人都換新玻璃了，別怕！一定沒事！」媽媽就在她的幾個孩子的勸說下開刀。結果很順便效果很好，看清楚東西了。然而另一個問題又出現，之前因為媽媽眼睛白內障看不清所以一直以為自己皮膚跟年輕時一樣好，可是手術後看清楚自己的臉嚇一跳。媽媽說：「嚇死人！怎麼那麼多老人斑。」要我帶她去雷射除斑，但是媽媽有糖尿病怕傷口癒合不好更糟糕，我跟她解釋她糖尿病雷射除斑的風險，並買了克麗絲汀迪奧（CD）整套美白保養品給她老人家擦，我從美國打電話問佣人媽媽情況，據佣人透露，媽媽很乖天天按時擦，女人啊！愛美是一輩子的事。

媽媽八十歲生日時，我從美國買了一頂像選美小姐的大后冠，把媽媽打扮得像公主一般，現在我不是公主了，媽媽反而是我心中的公主，全家把媽媽捧在手心中，所有的事情都是以媽媽喜樂健康為中心思想。為了媽媽的生日，全家從美國、日本、紐西蘭、中國大陸、各地回來為媽媽慶生。

媽媽右半邊有點小中風，需要陪著她去做復健，我跟媽媽說，每次你就打扮的漂漂亮亮的去做復健，把復健當作是去參加party，保持一個好心情，一個非常喜樂的心情去做復健，這樣復健的效果會更好，媽媽將我的話給聽進去，看到媽媽每次穿得整整齊齊，打扮的

漂漂亮亮笑眯眯地去做復健，全家的心情也就輕鬆不少，大哥大嫂很孝順，經常陪伴媽媽做復健，因為大哥是紐西蘭國籍，紐西蘭盛產奇異果出名，所以醫院的復健科醫生護士給了媽媽一個封號「奇異果奶奶」自從我想出書，我就一直想寫一篇文章寫我偉大的母親，我將這文章標題「鳳蓮不是鳳梨」透過長途電話告訴我母親，媽媽笑著說：「妳啊！出書幹什麼？妳啊什麼都想做！」我大笑說：「是啊！等我回家看媽媽，我一定要一個字一個字仔仔細細唸給媽媽聽，我是怎麼寫媽媽的！」一個老人真的是需要子女哄著寵愛著的，這是一種愛的回饋，是一種親情的無價之寶。

回想兒子在上幼稚園時，我就灌輸他一種觀念。那就是我把他當成一個人，不是一個小孩，我尊重他，我絕不會拿母權來壓迫他，有什麼事得一起商量，跟他講道理，不打不罵是我教小孩的原則，但是得「明是非，辨善惡，知好歹」。有一次我問他：「你覺得我們是好母子，還是好朋友？」他馬上直覺回答：「好朋友」我就跟他說：「好！既然是好朋友，以後你若有什麼事情，不想跟你媽說的，你就來告訴我！」他高興的大聲說：「好的！」那時他才五歲，準備要上小學了。從此，我跟兒子就成為無話不說的好朋友。我發現有些母親對子女採取「斯巴達」式的嚴格教育方式，望子女成龍成鳳。犧牲了母親與子女的溫柔親密互動，這樣做據說是為子女好，真的是為他們好嗎？值得嗎？我不禁呼籲大家再深思一下這人生的大課題。

兒子上了小學也開始作文，老師出的題目也是「我的母親」這時我變成了兒子作文裡頭的女主角，日復一日年復一年，這個時候的我，跟父母的角色有點開始顛倒，小時候我的爸爸媽媽把我當寶貝，當他們老了，變成我將他們當成寶貝，想要保護他們照顧他們。如今

兒子大學快畢業了，我突然心血來潮，突發奇想，心裡著磨著，如果
將一個女人的一生，身為母親角色的成就，用四個字來形容，做一塊
大金牌掛在母親的胸前讚揚母親，那麼在我母親胸前掛的四個大字將
會是「母儀典範」對！就是這四個大字，我把這奇想告訴兒子，問兒
子他將在我胸前的大金牌上刻上甚麼大字？我滿心期待著兒子的回
答，想著應該是「勞苦功高」最起碼也有個「犧牲奉獻」吧！兒子不假
思索說了一句：「嬌生慣養」然後就進廁所，留下驚訝的我對著廁所
的門大聲抗議著：「不會吧！」

魁丫傳奇
Legend Never Die

魁丫傳奇
Legend Never Die

奧斯卡金像獎出爐了，李安先生因Life of Pi 得到最佳導演獎，根據的是一部小說，敘述的是一個虛構加幻想的故事。最佳影片獎Argo 是根據一個美國政府以民間電影機構假拍電影之名到伊朗搶救人質的真實故事。不知您有沒有注意到，每當一部電影在片頭開演時，若是由人虛擬出來的劇情，便直接開演。若此電影劇本根據的是一個真實故事便會出現幾個大字「Based On A True Story」，然後電影才正式開始！因為故事是真實的，當觀眾接收到這樣訊息時，心中自然而然會更專注於情節的發展，人物的情緒及環境、時代的合理性，有助於劇情的融入。然而不論是虛擬或真實的劇本，只要導演功力夠強，都能拍出扣人心弦的好電影。

現在，我來講一個故事，您一邊看一邊想，一邊將它帶入腦海，添加一點您個人的想像，像看電影般，再來決定它是虛構還是真的。故事是這樣的……

哇！哇！哇！哇！一個強壯的男嬰終於由母親的產道奮勇滑出，與母親聲嘶力竭一聲盡全力的哀號完美的唱和著。父親熱淚盈眶的看著助產婆用經滾燙熱開水燙過的鐵剪刀，剪斷了母子連繫的臍帶，抱起了嬰兒，送到妻子的懷中。兩人淌著淚相視無言。第三個兒子了，上天賜給他們三個兒子！卻也在他們出生後一個月之內先後奪走了前二個兒子，這第三胎，能逃避老天爺的捉弄嗎？內心憂慮著。

　　「魁丫」是他的小名，魁為鍾魁鬼判官，丫為丫頭女孩之意，這個江蘇長江以北大地主的長子，從小被當女孩養著，在他出生不到十天便穿上耳洞，戴上耳環。三歲被送到尼姑庵，六歲被尼姑庵逐出，原因是魁丫看到被他喚叫「師哥」的光頭大哥哥，怎麼蹲著尿尿，興高采烈的跑去問師父「師父，師父，師哥怎麼蹲著尿尿？」女尼師太只好送魁丫還俗回家。魁丫的父母所做這一切的一切，只有一個目的，在無奈傷心之餘聽從村裡老一輩的建議，騙過老天爺，以為生下的是女兒。這古老看似無知的方法，顯然成功了。魁丫回家後開始上私塾，六歲啟蒙正是時候，當時鬧土匪，便派了二個家丁荷長槍站在私塾教室門口保護魁丫。

　　「大辣蘿蔔」是魁丫他家族的世仇，結怨幾代了，兩家本是同姓宗親因家業分產導致仇恨。在一個大年三十的除夕夜，魁丫的父親帶領家丁馬隊尚未返家，家中婦女忙做年夜飯，家中男人僅魁丫三叔。大辣蘿蔔前來二話不說綁走全家婦女及三叔，情急之餘魁丫他娘拿起一大鐵鍋，用碳灰將魁丫臉塗黑，叫魁丫趴下，將鍋蓋上，叮嚀魁丫不許動，躲過一劫。不多時大當家魁丫他爹帶領家丁馬隊十餘人返家，一把將魁丫拉上馬追仇家。時運不濟大雪紛飛，路阻難行，困坐愁城。天微亮，門口橫屍一具，附信一封，魁丫三叔，父親的親弟弟太陽穴子彈貫穿死不瞑目，信中要脅巨款贖魁丫之母及眾女眷。魁丫他爹大怒，家族焚香祭祖令魁丫跪下，牢牢記住此仇必報。十餘匹馬十餘把槍當下衝鋒救人，殺大辣蘿蔔個措手不及，反綁其家族十三人，一棵白楊樹下綁一人，魁丫他爹開了三槍，之後，槍枝朝地一甩，大喝一聲：「打一槍賞小麥一石！」就這樣十三屍抵一命，暫時了斷仇恨，但仇還是仇，殺了一代還有下一代。

　　魁丫青少年了，迷上牌九不好好上私塾，一天被父親逮個正著拉住藍長衫，魁丫轉身衣服一脫，他爹手上緊抓著長衫。兒子跑了，他爹怒氣一生，掏出白朗寧手槍朝兒子開了一槍，魁丫嚇得二天不敢回家，面對身高一百八十公分威嚴的父親。

　　時局更亂了，魁丫被送到了南京一處私立天主教學校上中學。父親不久便失蹤，據說被綁架活埋，下手的是不是世仇不得而知，母親因土匪闖入家中心臟病發而亡。魁丫奔喪回家祭母思父，一夕父母雙亡，痛苦莫名。奶奶力排眾議，小腳一顛一顛，卻踏地有聲衛護長孫魁丫，將全部家產在兵荒馬亂之際，現大洋、地契全部交與魁丫，讓魁丫遠走求生。魁丫只得落淚告別從小看他長大的奶奶及唯一心愛的妹妹車振蘭（小迷），當十六歲的魁丫轉身跨步要離開時，魁丫心愛的妹妹突然衝過去雙手緊抱著他的右腿，哭著說：「哥！我等你回來！」一字字烙鐵般的烙在腦海！知道這一別，這小小年紀原是大地主掌上明珠，頓時父母雙亡哥哥遠走，日後必將是在苦水中泡大。不忍回頭，怕一回頭不想走，死不足惜，但是，從此這個家庭可能斷了根。魁丫邊逃邊賣地換得糧食充飢，逃到南京遇到一群年幼孤兒，便充當他們的小老師帶著他們逃。有一次過河，眼看著二個小朋友被水沖走而救不了，心痛萬分，只因雙手已空不出來拉住他們。之後只有帶著其他人繼續逃，直到將他們安全地交給蔣夫人辦的戰時兒童保育院，依依不捨地離開孤兒的同時，低頭看見離開老家時奶奶硬塞給他的一隻硬牛皮手提箱上彈痕累累，不知幫他擋了多少回子彈。此時心裡懸念著老奶奶，無奈命運卻催促他離家愈來愈遠。自此成了南京流亡學生跟著軍隊的佈署移動，後來考上黃埔軍校，有一次蔣夫人視

察，看見魁丫在行伍的第一排，其他人皮膚黝黑，唯獨魁丫天生皮膚白晰，便對魁丫說了一句：「皮膚這樣白，真是個小白臉。」令魁丫永生難忘！

　　二十歲的魁丫是個風流倜儻的年輕軍官，到了台灣，在宜蘭登陸。宜蘭是個純樸的地方，他愛上了一位十七歲的姑娘。十七歲的姑娘不懂情愛，婚姻是她母親作主的。婚前有一回在母親的撮合下兩人去看戶外電影，姑娘矮看不清楚，他便建議她站上長板凳上看，他輕碰她的大腿，她生氣的瞪他，反倒讓他愛上她。為了送給她一朵她喜愛的白色山茶花，不惜花二小時翻過一個山頭摘取，心想非她不娶。她十八歲時，他娶了她，然而也因此觸犯軍紀，軍官未滿二十八歲不得結婚，魁丫二十一歲便結婚觸犯軍紀，事態嚴重。當長官拍著桌子盛怒的責問他「你是要婚姻還是要革命？」魁丫拍著桌子大吼著「為什麼革命、婚姻不能同時併存？！」鏗鏘一聲被關禁閉，留下一個懷胎八個月的她。她突遭晴天霹靂，挺著大肚子四處奔走求助，急急尋求一線生機解救她的魁丫，他可是她生命的擎天柱。終於，過了幾天魁丫被放出來了，魁丫與孫立人將軍有師生之誼，是不是將軍幫忙？連魁丫都不清楚。魁丫被調離原部隊，後因肺結核離開軍職，通過高考轉業成為當時人民口中的「警察大人。」進入生命另一個旅程。

　　魁丫帶著大腹便便的她離開眷村，租了一個小房間苦讀轉業成為警察，住進警察宿舍。魁丫不斷生養孩子，在他的心裡這是一種使命，得延續香火。終於生了六個孩子，三男三女。雖說已有六個孩子，完成了此生的生育計畫，三十多歲的魁丫，在性格上仍是一個頑皮的孩子，喜歡戴上雷龐墨鏡，穿著一身燙得筆挺胸前二條背後兩條燙痕的警察

制服，穿著擦得亮晃晃的黑皮鞋騎著摩托車上班及巡邏執行勤務。

　　每當魁丫說要捉通緝犯時，是魁丫妻子最提心吊膽的時候，不是擔心他的安全，當時民風純樸頂多是票據犯，想也知道捉不到通緝犯的，而是擔心不知道又要送給通緝犯可憐的妻小多少錢，魁丫心腸特別軟，「人飢已飢，人溺已溺」這幾句話小時候在私塾學得特別好，記得特別牢，每每運用在生活上。讓為了招呼全家八口的生活，妻子格外為難，說他也不是不說也不是。在同時期，魁丫家裝了警察新村裡的第一部電話，從此，家中的客廳川流不息，成了資訊消息的中心，也有人來家中接電話，跟魁丫妻子聊著聊著就說溜嘴，說是看到魁丫戴女人兜風還有說有笑。魁丫妻子苦無證據與魁丫小吵連連。有一回星期天上午魁丫戴著小女兒去買饅頭，繞道去看一眼相好，摩托車一停，馬上見一身穿白色洋裝女子頭上紮了一個白色大蝴蝶結，一扭一扭小跑出來，叫著魁丫的名字，魁丫要幼稚園大班的小女兒叫她阿姨，那阿姨說：「乖！你小女兒好漂亮。」

　　雖說那早上只聊了幾句，那小女兒回家便興高采烈告訴媽媽，爸爸帶她去看一個頭上有一個大白色蝴蝶結的阿姨，還問媽媽那阿姨是誰，「沒見過！媽媽咬牙切齒壓低聲音的說著。」全家吃了一頓溫馨的中餐後，家庭革命大戰隨即爆發，鍋碗瓢盆乒乓響，迷你小電風扇飛了過去，當妻子發功在大吼聲中，一隻時麾的酒杯跟高跟鞋也飛了過去，只見魁丫應聲倒地臉色發白暈了過去。隔日，星期一丈母娘從宜蘭遠道來訪，晚上魁丫下班回來，熱情地與丈母娘打招呼，然後換下警察制服，穿著白色汗衫及短褲，丈母娘對魁丫說：「大熱天你幹嘛戴著帽子在家裡走來走去？」魁丫覥腆的背對丈母娘將警察的大盤

帽脫下放在酒櫃上，一轉身，丈母娘嚇一大跳，魁丫的太陽穴附近腫了一個雞蛋大的包。魁丫喏喏地小聲說：「高跟鞋砸的。」只聽丈母娘大叫一聲「女兒啊，妳要把妳丈夫打死啊？」

　　日子一天天過，魁丫愈發有男性魅力思想也愈發成熟，朋友都說他長的像美國總統甘乃迪，後來得知甘乃迪是遇刺身亡的，魁丫的小女兒害怕極了，天天害怕失去父親。為了嗷嗷待哺的孩子，在警界服務之外，魁丫想辦法買了個靠近溪邊的農場，幾百棵的果樹，幾千隻的放山雞，亦是孩子們的遊戲場，三個魚塭放魚前是私人游泳池，水塔與水塔中間有滑水道，在河流游泳釣魚，在大樹上遠眺睡午覺，看母豬生小豬，看老鷹盤旋捉小鳥，吃捕捉到的蛇燉湯，拿空氣槍打獵，魁丫將他的孩子當北方地主的孩子養，希望他們有天為帳地為牀的豪邁，無處不是家的適應能力，養成孩子苦中作樂，知足常樂應變生命無常的韌性。在警界服務時為流浪漢募款蓋鐵皮屋再幫助輔導就業，獲選模範警察。在魁丫的孩子們心中，父親更是個孝子，每年八月中秋節是奶奶的祭日，當日得沐浴更衣祭拜奶奶，魁丫每每滿眶熱淚祭母，然後席開六桌大宴鄰居友人，數十年如一日，更屢屢提到百年後必葬母親的身邊。

　　五十歲的魁丫決定退休，想盡各種辦法聯絡上身在北京的妹妹，五十六歲的魁丫與四十八歲的妹妹，相約於東京見面，相擁而泣，泣不成聲。訴不盡的千辛萬苦。並且帶著妹妹暢遊東京迪斯奈樂園，藉此彌補妹妹悲苦離散的童年。然後回江蘇老家修祖墳，為老家重蓋大宅光宗耀祖。開了一場流水席，讓人知道小魁丫回家了，往後二十多年，年年清明節回老家祭祖，沒一年中斷。

　　七十三歲的魁丫病倒了，魁丫在子女面前第一次露出了滿頭的白，子女這才驚訝的意識到原來魁丫已經有白髮，魁丫老了。在堅持不拖累子女的固執下獨自到四川養病，在醫院有二位私人看護照顧魁丫，是紅粉知已嗎？只知當魁丫病重時，在魁丫的委託下兩人幾百公里之遙一路護送魁丫至江蘇老家，臨別之際依依不捨泣不成聲，似如生離死別。隨後魁丫的大女兒趕往老家欲將魁丫接回台灣，在機場簽下切結書，危險至急運送過程可能命喪高空，只靠氧氣筒維生。回到台灣馬上進院醫療，垂危之際，仍心心唸唸著要葬在老家母親身邊。三年後過世，骨灰放二處，一處在台灣，以後妻子百年得以陪伴妻子，另一小瓶由子女帶回老家完成一輩子的心願，重回母親的跟前。因為魁丫的父親墳墓僅是一個衣冠塚，所以在魁丫的心中，躺在墳裡的只有親愛的母親。荒野漫漫，墳前淒淒，一個古老的習俗，子女若葬在父母親身邊，只能蓋一個很小的墳，不到五十公分正方形的水泥板，高三十公分，裡面就放著魁丫的一小瓶骨灰及一張遺照。經過將近六十年的離散，魁丫終於又回到母親的身邊，墳前魁丫連個墓碑都沒有，這是古代的習俗，相傳千年，因為在父母親身邊魁丫永遠是個孩子，不許有墓碑。

　　故事說完了，您認為是虛構還是真實的？魁丫本名車振亞，生前曾要求三女兒為其寫自傳，一托多年，遲遲未動筆，三女兒甚感虧欠，遂為文紀念父親，那三女兒便是我，這個屬於魁丫的生命劇本，若拍成電影的話，在片頭一定會打上幾個大字「Based On A True Story。」

　　如今父親去世了，再猛烈的過往仍似霹靂大雨過後的晴空，尋不到舊塵，然而從前父親描述的景象，告訴我的故事，仍然清晰迴盪在我腦海成為傳奇。

倘若在天堂仍有知，我仍努力著繼續成為父親的驕傲

壓克力抽象畫 / 詩 / 電腦數位設計 / 攝影
Abstract Acrylic Paintings / Poetry / Digital Designs / Photographs

【藍天下的舞者】
Universal Dancer

這幅畫是我到美國的第一幅畫　　　觀賞此畫請由上往下
我因為喜歡簡潔的事物　　　　　　首先出現在畫的上面的是一片藍天
所以在畫畫藝術　　　　　　　　　藍天中有一個英文字母D
生活各方面力求乾脆俐落　　　　　代表的是這畫的主題Dancer舞者
　　　　　　　　　　　　　　　　此畫中共有五個舞者
　　　　　　　　　　　　　　　　你看的出來嗎

　　　　　　　　　　　　　　　　　　　　畫作於2007年

【自戀】
Narcissism

在希臘神話裡
有一個男孩長的很俊美
到池塘旁看到自己的身影
他愛上自己
但是不知道那是自己
終究為了求愛掉落池塘溺斃
變成黃色的水仙花

我將這自戀的美少年
畫成一隻美麗有著藍白黑羽毛的鳥
它的頭是動態的
時而看前
時而轉頭望著身上的美麗羽毛
背景黃色
代表溺斃後變成的黃水仙

畫作於2007年

【溝通】
Communication

是黑與白的角力

構圖上故意分不清是

白衣人伸出紅腿

或者黑衣人伸出紅腿攻擊對方

所以最原始的命名為：Defense防衛

從另一種觀點出發

一黑一白兩個腦袋靠著溝通

紅色部分是心靈交流

溝通不該設限故此畫不加框

畫作於2009年

【黃金期】
Golden Times

我愛跳舞

各項各樣的舞

我畫中的人物沒有畫上臉

所以她可以是任何人

一胖一瘦

不論環肥燕瘦

熱愛舞蹈藝術的人

舞動時就是生命的黃金時間

畫作於2009年

【零度空間】
Freezing Zone

這張我畫的是一片大葉片

左邊的嫩綠表示春天的嫩芽

右邊粉橘代表是秋天的黃葉

這兩種景色是不會同時存在

所以是一種絕對的不能並存

中間的白色

表示冷漠沒有熱度的零度空間

畫作於2009年

165

【和平共處】
Happy Together

畫布中有一隻白鳥一隻黑鳥

一同在美麗的藍天中快樂飛舞

白鳥與黑鳥

代表兩種不同的個體與不同的性格

這也可以代表不同政黨與不同意見

何不摒除偏見私利為大局著想

一起並肩攜手共同努力快樂的合作

這是我個人的渴望

所以將它表現出來

畫作於2009年

【廚師】Cook
【上帝之手】God's Hands

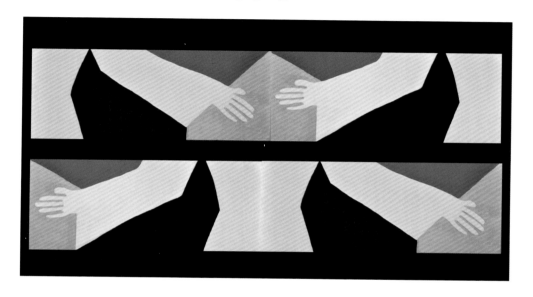

此畫由兩塊畫布拼成

亦可左右對調成不同表達

上圖是「廚師」中間是切菜板

下圖是「上帝之手」

廚師及上帝都是能量的來源

一個是實質能量的提供

一個是精神能量的提升

畫作於2009年

【頭紗】
Under the Wedding Vail

即使是二十一世紀的今天
有很多人敢怒不敢言
有很多事敢做不好說
所以
我乾脆畫了出來
掛在我家吧檯牆面

我認為性愛本身
是一件美好的事
否則如何延續香火孕育下一代
應該以正面的態度面對
這是一幅我參加婚禮後畫的畫
在白色婚紗之下
愛情得到了應許祝福熱情與甜美

畫作於2010年

【執子之手 與子偕老】
Sweet 60

黑色底色象徵在他們內心深處　　在一對相愛的人的眼裡
這個60歲的Baby有滿眼的愛意　　不管是頭戴新娘婚紗年輕美麗的妳
（你可看見我畫一顆心在眼睛）　還是年老滿頭白髮的妳都是一樣美麗
男子的愛在他的眼鼻的表情裡　　兩人頭上的留白更象徵白頭偕老
（用一個大的開口心型表示）　　兩人握住的手就是執子之手
這心向著女子且只對她open　　　直角三角型的嘴是笑
heart ,open mind　　　　　　　更說明耿直的性格
60表示人生60才開始　　　　　　說話不拐彎抹角
圖中白色的B表示birthday與baby　方能有良性的溝通
新娘頭紗　　　　　　　　　　　手臂伸出畫外表示個性開朗喜歡朋友
頭上的留白表示兩人的白髮
　　　　　　　　　　　　　　　　　　　畫作於2014年

【一幅送給兒子的畫】
A Painting for My Son

當兒子還小
我告訴我兒子
兒子你是一條小魚
你習慣在小溪小河小湖裡生活
媽媽要帶你游向大海
讓你開眼界
剛開始可能會很辛苦
不要擔心不要怕
媽媽陪著你

這幅畫可橫掛也可直掛
橫掛
【交響樂人生】
【Symphony of Life 】
　直掛
【撥雲見日】
【Every Cloud Has a Silver Lining 】

這是身為母親的我
給長大了的兒子的禮物
哪怕有一天我離開地球
還有我的畫
陪他對他說話鼓勵他
這是我對兒子的話及鼓勵

畫作於2014年

【撥雲見日】
Every Cloud has a Silver Lining

這畫的欣賞角度要由下往上看，圖中下半部黑色的象徵是暗中護衛孩子的母親，左下圖是一個象徵嬰兒的娃娃車（stroller），右下的白色不規則圖案是代表純真（innocent），銀灰色的代表孩子成長後所遇到的茫然與生命中的灰色地帶，其中的P字代表是這孩子如何證明自己的能力（prove），如何做會讓自己引以為傲（proud），信守自己所做的承諾（promise），在證明，驕傲，承諾的同時如何仍保持純真。

圖中正中間有一條向上游的魚，是由四個三角形及一個平行四邊形組成，三角形就是方向的指示，平行四邊形就是迷惘，搖擺不定。在信心建立之前總是會三心兩意搖擺不定，要往左，往右，往上，往下，經驗一個混亂期。在大方向確立之後，就往大方向努力，這大大的三角形就是指大方向是向上的。只要努力，事情就是有希望，這時藍色的色塊就是海闊天空，一條向著藍藍清澈的海天游去，機會跟希望是陸續出現的，這也就是大大小小不同的氣泡所表現的。最後，最大的白色氣泡便是努力所得到的一個大圓滿。

畫作於2014年

【交響樂人生】
Symphony of Life

觀賞這幅畫請由右往左看，在畫的最右下有一個 ♪:是樂章裡的低音譜記號，黑色是代表人生的逆境，猶如身困黑暗中，黑暗中不規則的白色代表困境中的人，呼吸是那麼的不順遂，多麼的鬱悶，連呼吸都不規則而混亂。我把人畫成一條魚，這魚衝破黑暗，向藍色的海洋奮力游去，中間經歷了灰色時期，心情仍是低落的，所以我以樂譜中的b降記號呈現此時心胸仍不舒坦，呼吸仍不順暢，當這魚衝破灰暗，游進清澈的海域，就有很多新鮮的空氣，我用樂譜中的#升記號加氣泡來表達舒暢，終於可以大口深呼吸了，以一個大氣泡來詮釋大大鬆了一口氣，這就是在逆境中不放棄，努力前進，達到揚眉吐氣的人生交響樂章。

畫作於2014年

【天降恩雨】
Showers of Blessing

天降恩雨及時甘霖

不分彼此心中有愛

沒有恩怨仇恨嫉妒

每人俱受恩典護佑

畫作於2014年

173

【大師賦】
Master

挑眉眼見山河變色
嘴動道盡古往今來
隻手作育可造之材
雙掌廣納萬河千江
談笑取黃髮垂髫心
天賜至寶吳老英雄

國寶相聲大師吳兆南先生
眾弟子在洛杉磯為其舉行
的90大壽紀念冊上「九十回眸」
有我為其作的「大師賦」與有榮焉

【築夢令】
Dream Chaser

發號令日月星移
拍人間喜怒哀樂
十年一覺電影夢
時光荏苒又匆匆
雙鬢褪色終無悔
影夢築成心李安

旅美知名女畫家老紀紀星華女士是我的好友，她為李安畫就一幅畫，紀念李安得到奧斯卡金像獎，邀我為畫命名並作詩，觀老紀的畫作，並念及李安築夢電影，窮其半生精力，如今中外揚名，實不易。故將畫命名為築夢令，【築夢令】已於11/25/2012刊登世界日報之上及北美世界新聞網。

【女權運動】
Give Me Freedom or Give Me Death

現代女性

上班生孩子做家務

一刻不得閒

還得爭取平等待遇

難怪老母雞也站出來抗議

【外星人在哪裡】
Where is Alien

小時候我動不動睡不安穩
媽媽老是拿我貼身的衣服
去廟宇或神壇收驚
每次都算出是被狗嚇到
媽媽總是帶回一張畫著神秘圖騰的靈符
放在茶杯裡燒了給我喝三小口
也許是心理作用
一夜好眠
在美國想起小時候的靈符
我也自己畫了二道靈符
只不過我的靈符裡
躲藏了幾個神秘的外星人

【君莫舞】
Destiny

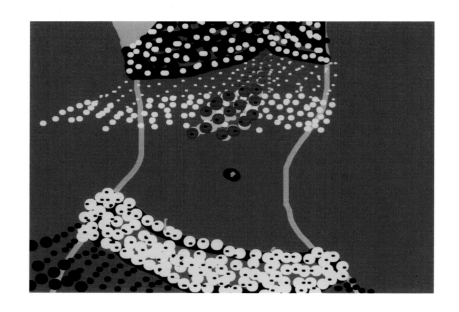

君莫舞
君不見玉環飛燕皆黃土
古代絕色一坯坯黃土
現代佳人灰飛煙滅
這是千古定律
感悟人生
就像是舞孃身上的珠串
就算顫動的多麼精彩絕倫
終究還是歸於靜謐
作此圖以紀錄這感悟

【商機】
Business Smelling

在我的想像裡

商人嗅到商機

就像鯊魚嗅到血腥味

【花鳥相戀一場】
Waiting for You

每看到蜂鳥吸食花蜜
我看到了短暫的愛戀
這是天生註定要分離
在彼此最美豔的青春

【烏龜也會飛】
I Believe I can Fly

藝術家的想像空間無限

什麼事情在藝術家的眼睛裡

不須真理真相做支撐

否則天馬行空的氣勢

會被套上大大的枷鎖

我的想像世界裡

烏龜也是可以飛的

沒有理由

因為不需要

【好聽的話】
Sweet Talk

大家都喜歡聽好聽的話
好聽的話通常不是實話
如果
我們能有雅量聽不好聽的實話
漸漸改進自己的缺點
慢慢打開自己的心胸
好聽的話就會越變越多

你的人生
就會越來越快樂
好聽的話
就像是鋼琴
說出來的
字字悅耳
因為你有一顆愉悅的心

【青蘋果】
Not for Adam and Eve

人說愛情果是紅蘋果

然而愛情多半是苦澀

許多人遍嚐愛情的苦果

那麼

如果宇宙初開

愛情的果是青蘋果

又將是如何

【被鼻涕感動】
Worrying

流鼻涕其實是一件尷尬的事　　　完全融入舞蹈裡
尤其是在大庭廣眾前　　　　　　本來
有一回　　　　　　　　　　　　我替那女舞者感到尷尬
在台北受邀參觀一場新舞發表會　後來我卻深深的感動了
那支舞是名編舞家的新作　　　　因為
內容是有關敬神　　　　　　　　如果她伸手去擦鼻涕
是一支超凡入聖的舞碼　　　　　那麼整支舞蹈就算是毀掉
在肅穆的音樂聲中　　　　　　　敬天敬神的感動蕩然無存
幾位舞者緩緩起舞　　　　　　　她堅毅沉穩態度
舞到一半一位女舞者　　　　　　贏得了眾人的尊敬
可能原本就著涼流了鼻涕　　　　反而因此而深深感動
兩管鼻涕隨著舞蹈緩緩流下　　　那兩管鼻涕
在眾多來賓及新聞記者的注目下　至今熨燙在我腦海
卻擦也不擦　　　　　　　　　　想擤都擤不掉

【黑色眼淚】
Black Tears

看到女人甚至包括自己

流下了彩妝後的黑色淚滴

那是揪著傷心欲絕與破碎

旁邊的空氣也流動著愁緒

這樣的淚

讓我心驚不捨

所以畫下了這樣的感覺

185

【羅生門中的紅樓夢】
Somewhere in Dream

我常想著

我們每天失去意識睡著

就像每日重複不斷練習著死亡

我們生活在夢中

而死亡後才是真正的醒來

沒有人可以告訴我們真相是什麼

就像是一場羅生門

卻又是有著大觀園紅樓夢中的眾多人事物

【憤怒讓女人勇猛】
Anger Makes Woman Powerful

如果女人的特質是嬌柔
那麼男人的象徵是勇猛
女人身上很難看到勇猛
除非是經過特殊的訓練
軍校或警校俊挺的女生
我的二姊就是個女警官
我曾看過一張表演照片

二姊飛踢破瓦表演跆拳
真是令人莫名其妙羨慕
後來我發現女人的怒氣
有一股勇猛的不敗氣勢
與平常嬌柔是大大不同
聲如洪鐘力拔山氣蓋世
最好不要惹女人發脾氣

187

【天下第一槍】
Top Gun

天真的雙眼

注視著眼前

沉重的頭盔

顯然很疲憊

只為那油槍

人世間所謂

天下第一槍

【生命的大鼓】
Tribal

我在雨中擂動生命的大鼓
冰冷的針一刺再刺無數刺
刺在我毫髮遮掩赤裸的背
會留下傷痕嗎不絕對不會
只是熱淚冷雨模糊我的眼
只是透明的寒氣穿過我心
這是成長吧我邊擂邊思索

【浪漫黑色喜劇】
Last Minutes in Heaven

雨後的人行道還是懶懶散散的濕著
空氣的冷冽嗅起來有一股恩斷義絕
水蒸汽親吻著土地上演著生離死別
夏日穿風騷蓬蓬裙的玫瑰正被截肢
老樹上成群烏鴉鼓噪開著股東大會
氣喘吁吁的蝸牛背著房貸苦苦爬行
孫女騎小腳踏車追慢跑心臟病爺爺
郊狼裂嘴露撩牙眼神曖昧對我微笑
美好的傍晚感覺被重視是很浪漫的

【真實】
Reality

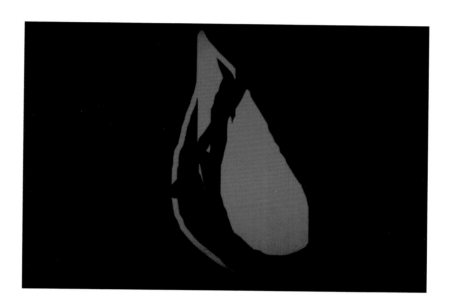

生命將我拉長　　　　　　吻我吧小雨

白天我是一顆希望的種子　滋潤我乾脆利落火熱的心

爆開封閉的胚胎 無限力度　深耕哀號的夜綠素

展現於燦爛的日　　　　　越陷越深

是開花還是結果　　　　　無從離去的方向

無所謂混亂的期待　　　　四面八方

我挺立沃野　　　　　　　我所擁有的是

沒有靈魂的邊界　　　　　溫柔愛撫的春風

【久違了別離】
Farewell

三年沒回家
久違了台灣的一切
家人親人朋友
一切所眷念的
思念像長春藤遇水生根
平常不留意
一回頭卻已爬滿牆

三年不長
兩天不短
人的腦細胞很奇妙
當想念在積極作用時
一天一小時都難耐

當安於宿命時
三年五年轉眼間
無論是哪種離別
短的長的
自動的被動的
都是彷若隔世
久違了別離

【生命的出口】
Eagle Guardian

在驚豔美絕的中央
有一處生活的界限
那裡是生命的出口
我盤旋躊躇

土地它
用一條肉眼看不到的私線
狠狠的套住我裸露的腳踝
苦苦的
苦苦的與我終極一生糾纏

累了倦了
終將收起飛翔的雙羽翼
重返人間
世事喧騰吵嚷與我無關
我只是鷹

193

【朝朝暮暮】
Distance Love

一座北山	一股清泉	一陣雷雨	一縷輕風
山腰躺上	迷濛飲著	高空咆嘯	緩緩送背
仰望山頭	低低迴迴	地動山搖	來來回回
山頭望我	溼溼漉漉	朝朝暮暮	恍恍惚惚

【羞赧的晨曦】
Never Existed

羞赧的晨曦紅著臉
靜靜躺下來
躺在白色瓷磚寬大胸腔上
白色瓷磚滿滿的愛也留不住她
天亮
她就得離去
日復一日
短暫的甜蜜

【雲端】
Seeking

雲端
是否住著精靈
海湖裡
有否存檔著密秘
我往下走
尋覓前世的記憶
卻望不見水裡的游魚

【奮不顧身】
Reckless

是縱夏吧　　　　　　　　我
我已分不清　　　　　　　羞紅著臉
只知道　　　　　　　　　緩緩向你的方向滑行
四下都失去了原有的色彩　勇敢
是千古的牽掛　　　　　　無視旁邊強烈阻撓的鬼魅
還是今生的一見鍾情　　　我
你挺拔的身形　　　　　　靈魂早已向你飛奔
大開的雙臂有如倒勾
勾引我的奮不顧身

【桂冠】
Crown

你的來到有如外邦使節
頂著桂冠帶著你的特權
不用一句通知
截取我的美豔

【海天各一方】
Longing to Anchor

藍色的天是你廣闊的胸膛

任性的長髮我恣意的飄散

風是忠心護航的隱形侍衛

靠岸吧靠岸後海天各一方

【期待】
Expecting

大地凍結了

也凍結了我對你的想念

枝幹上掛滿了冬眠銀花

期待來春的重逢

綠葉

【各自擁有一半的天空】
Sharing and not Sharing

越是親蜜的人

越是得尊重

給對方得以自由呼吸的空間

【飛舞的天使】
Morning Angel

一夜無眠

走到前院

天剛破曉

看到晨光中彩雲

呈現一個天使

展開雙手跨出修長的腿飛躍而起

臉部表情生動

捕捉下這樣神秘的一刻

【天堂喜宴】
Heaven Wedding

仲夏的溫度
曖昧了天空
天色變了調
喜宴似幻彩
桃花般的臉
在天空嬌笑

【父與子】
Father and Son

仰望天空
浮雲如上演著溫馨的戲劇般感人
右下角戴著獸皮帽子綁馬尾長髮的父親
伸出雙臂迎接左上角的小男孩
小男孩歡喜的打開雙手伸直雙臂奔向父親
我很感動
被親情感動
你感動了嗎

【上帝的水彩畫】
Woman in Hat

我經常抬起頭

看上帝的畫作

在風起雲湧中

我看到了一位

戴帽子的女人

【誘惑】
Temptation

期盼與你繼續今生的糾纏
以我癡傻毫不保留的雙眼
濃情幻化又絕對迷人的你
引爆火熱凝聚相思的種子
在地平線的那端誘惑著我

【風】
I Came from the Ocean

風波俱靜

是你緩緩慢慢輕輕送來

這片迷霧

還是這迷霧

由湖「心中自起」

人們喚你叫風

【桃花源】
Paradise

每個人一生都在追求
追求內心深處的桃花源
桃花源都是可以想像不可得
人往往追求的是什麼
自己不見得形容的出來

那是一種不切實際夢幻的美好
把自己催眠後的期盼
然後有夢的快樂些
沒有夢想的實際些
你是那一類？有夢！無夢！

【天犬踏日】
The Dog on the Cloud

在中國神話故事中
號稱「天界第一戰神」
長相英挺的二郎神楊戩身邊
有一隻神犬「嘯天犬」
這朵雲完全符合我的想像
嘯天犬勇猛的站在雲端日上
神威無比
我跟左上角的飛鳥
是這場神奇的見證

【驚心】
Big Big Mistake

我總是很絕望的等待某事發生
又期待它永遠不要來
萬事萬物皆有終
多麼無力與驚心

【上坡下坡】
Never Give Up

人類的上半生
是一段漫漫的上坡路
只要專注
辛苦也就沒有那麼苦
因為專注在路面
若是全然專注在自己的辛勞上
這樣的辛勞就加倍

下坡路是年長者的路
這是人類的下半生
得放輕鬆
迎接自己的衰退
當做是造物者公平的安排
一個喜悅的平常心
這樣就不會被快樂拋棄

【自由】
Freedom

經過滿滿的歷程與滄桑
記憶行囊塞滿結痂傷口
謙卑放鬆了緊繃的軀體
不再抗拒不再猶豫徬徨
將仰頭高飛努力做自己

【回首】
Grief

那是一抹幽靜的輕愁
那是曾經踏過的豔麗
無數未曾在意的朝夕
回首已然數十的寒暑

【中西合璧】
West Meets East

喝第一口茶	再喝一口茶	喝最後一口茶
用中式的茶壺	講講西方世界	互相碰杯吧
倒入西式茶杯	聊聊東方國家	我們都是地球村民

【態度決定一切】
Attitude is Everything

心情不好說它「三心兩意」

情緒絕佳喚它「五福臨門」

自己種的叫做「自種自攝」

自己做的叫做「自做自受」

你的態度是

三心兩意

五福臨門

自種自攝

自做自受

你自己決定自己挑選

215

【想飛】
In the Air

童年時放的風箏　　是不是還是懷念
載著人的滑翔翼　　原該擁有的翅膀
在雲端上的飛機　　我賴在布沙發上
運行著飛的動作　　痴傻的想像飛翔

【幽浮】
UFO Landing

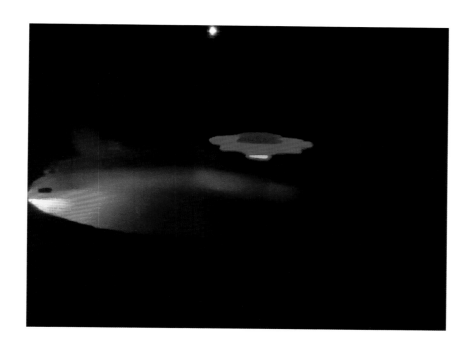

這張是在自家游泳池拍攝的效果

只要有一輪明月

一個按摩池

一個游泳池

池中裝置LED燈具

就能辦到「UFO Landing」

【人生幾何】
Sunshine Geometry

不知道是什麼原因
就是對幾何圖形
有種莫名其妙的熱情
在一個夏日午後
夕陽餘暉頑皮的玩弄我的廚櫃
畫著幾何圖形
被眼尖的我活逮
不過
它終究還是脫逃了

【無言】
Silence

一方坍塌長城
坍塌處任風來去
風時而輕柔細語
時而瘋狂粗暴
長城無言

赤足踢破春水一池
水花驚起翻騰隨即放棄無力的跌落
晃動不安的池面猶如數不清的臉龐
張著口
卻也無言

傳來幾聲鳥語
似是纏綿傾訴
又似叮嚀
抬頭遍尋無著
低頭望著赤足
我亦無言

219

【擁抱】
All I Need is Hugs

是力量的支撐
是心靈的交流
是能量的交換
是幸福與甜美
是盈滿與陪伴
何不回過頭來
靜靜溫柔相擁

【神鳥】
Speeding

蜂鳥因為飛行技術高超
又被稱為神鳥、慧星、森林女神、花冠
這張是我在加州雷根博物館拍攝的

【玫瑰夢】
Sleeping Beauty

太陽醒了
輕輕掀開披在玫瑰身上夜的衣裳
玫瑰嬌媚的模樣
還慵懶的賴在葉子的身上
無由來的
玫瑰春夢一場

【默禱】
Pray

悲天憫人是一種天性
我相信凡有知的生靈
對事物會是有所感受
哪怕只是一群野鴨子
它們亦步亦趨相追隨
都是情感與互動取暖
人類不應該冷漠無情
讓我們一起同心默禱
讓世界少點自然災難
讓人間經常平平安安

【佇立】
I was a King

我是這樣想的～
每一個人
都得有時停一停腳步
思索一下未來

【出浴】
In the Circle

無意偷窺妳的迷人
那輕輕撩撥的雙翼
弄暈一池昏昏淘淘
久不動心的忘情水

【香梔醉】
Tipsy Gardenia

香梔醉
黃昏舞影香梔醉
數聲鳥語暗勾魂
私聞花香對吟詩
藍月惜香照醉影

【成長與搬遷】
Move On

人的一生到底有幾次搬遷
搬遷是不是都是意味成長
正與外界手機溝通的兒子
我看他的角度也太不相同
一個漸漸成熟穩重的男人

227

【放手】
Let Go

孩子
雖然我深愛著你
但是我仍然放開緊握你的手
笑笑的轉身讓你走
讓你走出一片自己的天地
我也會不定時回頭
看看我的寶貝走穩了沒有

【做自己】
Be Yourself

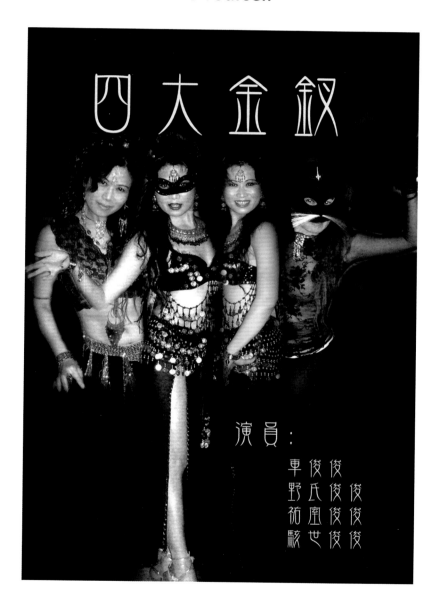

【飄揚空中的尾聲】
The End

　　我是個不拐彎抹角重感情的人，知無不言，言無不盡，不藏私，喜歡分享生命經驗。我總是喜歡說一句「萬物多情總有苦」，人類的苦出於多情，對人、事、物的牽掛與不捨，且將多情與不捨化為文字形成文章，進而成為一本書，藉由書將「愛」獻給我親愛的讀者，每個讀者都是我散播出去的種子，有的會發芽會茁壯，會開花會結果，再散播出去愛的種子，正如我的英文名Amanda 是拉丁文中「愛」的意思，這正是我在地球上的存在價值。你～感受到了書中愛的陽光與溫暖的水流了沒？如果感覺到了溫暖，且藉由自己不固定時間方式，不限時段與流程流量送出關懷送出愛，涓滴之水可成百川，力量是可以滙集的，讓人人都渴望的「愛」縮短人與人之間的疏離，無私的人多了，社會也就暖了起來。

　　科技愈來愈發達，世界本是地球村，每個人都是村民，讓我們思想簡單一點，返璞歸真吧！

本書所有鑄鐵設計、抽象畫、數位設計、攝影、均
為作者本人之個人作品，有美國專利及版權保護。

圖片索引　Photographers
****

- Joseph Comeau p161 - 173
- 何淑英 p22, 112, 132, 230
- 張維恆 p88, p92, p93, p96, p97, p98, p101
- 葉晚林 p97
- 弘梅雅集京崑藝術團團長王亞玲 p123

假洋妞真美人
e世代美國新移民生活導航

作　　者：車俊俊
編　　輯：張加君
美　　編：常茵茵
封面設計：車俊俊
出 版 者：博客思出版事業網
發　　行：博客思出版事業網
地　　址：台北市中正區重慶南路1段121號8樓之14
電　　話：(02)2331-1675或(02)2331-1691
傳　　真：(02)2382-6225
E—MAIL：books5w@gmail.com或books5w@yahoo.com.tw
網路書店：http://www.bookstv.com.tw 、華文網路書店、三民書局
　　　　　http://store.pchome.com.tw/yesbooks/
總 經 銷：成信文化事業股份有限公司
劃撥戶名：蘭臺出版社　帳號：18995335
網路書店：博客來網路書店 http://www.books.com.tw
香港代理：香港聯合零售有限公司
地　　址：香港新界大蒲汀麗路36號中華商務印刷大樓
　　　　　C&C Building, 36,Ting, Lai, Road, Tai,Po, New,Territories
電　　話：(852)2150-2100　　傳 真：(852)2356-0735
總 經 銷：廈門外圖集團有限公司
地　　址：廈門市湖裡區悅華路8號4樓
電　　話：86-592-2230177　　傳 真：86-592-5365089
出版日期：2015年7月 初版
定　　價：新臺幣300元整（平裝）
ISBN：978-986-5789-64-0

國家圖書館出版品預行編目資料

假洋妞真美人　e世代美國新移民生活導航
　／　車俊俊　著
　--初版-- 臺北市：博客思出版事業網：2015.07
　ISBN：978-986-5789-64-0（平裝）
855　　　　　　　　　　　　104011162